KB114202

내 손끝의
탑스타

내 손끝의 탑스타 15

박골 장편소설

초판 1쇄 찍은 날 § 2018년 12월 18일
초판 1쇄 펴낸 날 § 2018년 12월 25일

지은이 § 박골
펴낸이 § 서경석

총괄팀장 § 최하나
편집책임 § 신보라
디자인 § 신현아

펴낸곳 § 도서출판 청어람
등록번호 § 제387-1999-000006호
등록일자 § 1999. 5. 31
어람번호 § 제1-2985호

주소 § 경기도 부천시 부일로 483번길 40 서경B/D 3F (우) 14640
전화 § 032-656-4452   팩스 § 032-656-4453
http://www.chungeoram.com
E-mail § chungeorambook@daum.net

ⓒ 박골, 2017

ISBN 979-11-04-91895-7 04810
ISBN 979-11-04-91513-0 (세트)

박골 장편소설

FUSION FANTASTIC STORY

내 손끝의 탑스타

15

도서출판 청어람

Contents

1장

당신은 기억하십니까 II

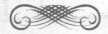

[송지유 새 리메이크 앨범에 가왕 조필오와 해오름 밴드 참여한다!]

[한국 가요계 거장들 속속 합류 발표! 역대급 앨범 탄생하나?]

[자선 콘서트가 불러온 나비효과? 송지유! 정규 2집 앨범 발매도 전에 대박 조짐!]

―오오! 스케일이 점점 커지는데? ㅋㅋㅋ

―가왕에, 해오름 밴드에 어울림 복권 터졌네? ㅋㅋㅋㅋ

―역시 여왕님이시다! 리메이크 앨범도 역대급이구나!

—갓 지유 클라스; ㄷㄷ 조필오랑 해오름 밴드도 곡을 줘?

—어울림이 또 어울림 했다?

—옛날 가수들 지원하려다가 역대급 앨범 나오게 생겼다! ㅋㅋㅋ 역시 빌드 업은 김태식이지!

—ㅇㅈ! 빌드 업은! 김태식!

여러 기사가 나가면서 대중들의 폭발적인 반응이 쏟아졌다.

[어울림 엔터테인먼트, 국민 소녀 송지유의 음색으로 한국 가요계의 역사를 담는다! 한국 가요의 역사가 담긴 앨범 발표 천명!]

[어울림 엔터테인먼트가 직접 나서서 한국 가요계의 역사를 재조명한다! 한국 가요계가 재조명을 받을 수 있는 적기!]

문화 평론가들도 어울림의 결정에 찬사를 보내었다. 흘러간 옛 노래들을 리메이크하거나 명예의 전당에 올려 후세에 남기는 빌보드 차트와 달리, 그간 한국 가요계는 역사를 정립한다는 것에 대한 관심이 없었다.

흘러간 노래는 그저 흘러간 노래였을 뿐이다. 기획사 차원에서 나선 경우는 이번이 처음이었다.

"현우 형님, 역시 반응이 좋네요."

최영진이 싱글벙글 웃고 있었다. 소파에 앉아 있던 현우가 빙그레 웃었다.

"덕분에 기대치가 너무 높아졌어."

"기대치가 높아진 만큼 잘만 완성되면 역대급 명반이 나오는 거죠. 우리 어울림을 대표하는 음반이요. 지유가 부담이 되긴 하겠지만요."

최영진의 말에 현우의 시선이 송지유에게로 향했다. 뷰티숍 몽마르트의 원장과 직원들이 달라붙어 송지유를 꾸미느라 정신이 없었다.

현우가 소파에서 일어나 송지유의 곁으로 다가갔다.

"오호… 오늘 장난 아닌데? 여신 강림 그 자체다."

"호호. 그렇죠? 지유 씨는 저희 같은 직업을 가진 사람들 입장에서는 꿈의 모델이이요. 어디 한 군데 빠지는 곳이 없으니까요."

원장이 현우의 말을 거들었다. 송지유가 그런 현우를 보며 작은 웃음을 머금었다.

"오빠, 애쓸 필요 없어요. 괜찮아요."

"정말이지?"

"응, 정말이에요."

현우가 속으로 안도를 했다. 그리고 며칠 전의 일을 떠올렸다. CV 그룹에서 일방적으로 기념 파티 기사를 내보냈고, 문태진이 즉각 연락을 해왔다. 그리고 현우와 어울림에게 정중하게 사과를 전했다.

이미 기사까지 나간 마당에 파티의 주인공인 송지유가 불참을 하면 여러모로 껄끄러운 일이 생겨날 수 있는 상황이었다. 송지유를 데리러 가며 현우는 내심 걱정을 했다. 하지만 송지유의 대답은 의외였다. 기념 파티에 참석을 하겠다고 말을 한 것이다.

'대체 지유의 생각은 뭘까?'

문태진의 이름 세 글자만 나와도 정색을 하는 송지유였다. 그런데 CV 그룹의 기념 파티에는 참석을 하겠다고 결정했다.

현우의 머릿속이 복잡했다.

"오빠."

"……."

"오빠?"

"…어?"

송지유의 음성에 현우가 상념에서 빠져나왔다. 송지유가 그런 현우를 보며 고개를 갸웃했다.

"걱정 있어요?"

"조금은?"

현우의 솔직한 대답에 송지유가 작은 한숨을 내쉬었다.

"사실, 썩 내키지는 않지만 이미 엎질러진 물이잖아요. 그리고 오빠랑 우리 어울림한테 이득이 되는 파티에 빠질 생각은 없어요."

"역시 프로. 송 프로."

현우의 농담에 송지유가 풋, 하고 웃었다. 현우가 마음을 놓았다. 기념 파티 기사가 나간 이후로 CV E&M에서는 어울림 엔터테인먼트와 사업적으로 협력을 맺을 것이라는 기사를 또 내보냈다.

대한민국 최고의 미디어 재벌과 대한민국 최고의 기획사가 손을 잡을 수도 있을 것이라며 벌써 언론도 뜨거웠다.

"대신 오늘 오빠도 멋있게 하고 가요. 태명 오빠랑 영진 오빠랑 석훈 오빠도요."

"호호. 걱정 말아요, 지유 씨!"

원장이 자신감을 보였다.

"여기서 더 멋있어지면 큰일 나? 파티에 재벌 집 딸들도 많이 온다던데. 현우 오빠도 그 여자들 주요 타겟일걸?"

단장을 마친 엘시가 슥, 끼어들며 말을 했다.

"내가 왜 타겟이야?"

"우와? 이 오빠 보게, 모른 척하는 거예요? 아니면 겸손인 거예요?"

"겸손?"

현우의 센스에 엘시와 더불어 단장 중인 드림걸즈 멤버들이 킥킥 웃어댔다.

"그걸 또 겸손이라고 하네? 하여간 못 말려, 김현우."

"근데 진짜 조심해야 하는 거 아니에요?"

이번에는 연희가 끼어들며 말했다. 그러면서 송지유의 눈치를 살폈다. 현우와 송지유가 비밀 연애 중인 건 어울림 식구들은 이미 다 알고 있었다.

"우리들이 있는데 여자들이 어떻게 달라붙어요? 못 달라붙을걸?"

유나가 현우의 팔짱을 끼며 헤헤 웃었다. 연희도 장난삼아 현우의 팔에 팔짱을 꼈다. 엘시가 서둘러 당수로 유나와 연희를 연달아 내려쳤다.

"이것들이 어딜?"

"아야! 왜 때려요?"

"언니!"

유나가 눈물을 찔끔했다. 연희가 빽! 소리를 질렀다.

엘시가 상관도 하지 않고 현우를 비롯 어울림 F4를 둘러보았다.

"오늘 어울림 F4 감시는 우리 드림걸즈가 하겠습니다. 다들 주의해 주세요."

"나랑 석훈이는 왜?"

손태명이 어이없어했다. 공개 연애 중인 최영진과, 송지유와 비밀 연애 중인 현우는 그렇다 쳐도 고석훈과 자신은 솔로였다.

"이상한 여자들은 절대 안 돼요."

"네?"

크리스틴까지 나서자 손태명은 할 말이 없었다. 크리스틴이 말을 이어갔다.

"요즘 얼마나 폭스가 많은지 아세요? 기념 파티에 괜찮은 남자 있으면 잡으려고 온 애들도 많을걸요?"

"폭스요?"

"여우 몰라요, 실장님?"

"아~ 여우?"

연희가 말을 보탰다.

"우리 대표님도 그렇고 다들 너무 물러서 걱정이에요. 본인들 엄청 잘났다는 걸 모르잖아요. 휴… 걱정이네요."

"네 분 다 너무 모르긴 해요. F4가 괜히 F4가 아닌데 말이에요. 호호."

몽마르트 원장도 연희의 말을 거들었다.

정말로 그랬다. 현우나 손태명을 비롯해 최영진, 고석훈도 어지간한 A급 남자 연예인보다 인기가 많았다. 젊은 나이에 훤칠한 체격과 준수한 외모, 또 국민 기획사인 어울림을 이끌어갈 앞날이 보장된 젊은이들이었다.

"우리가 아이들도 아니고… 알아서 합니다."

"석훈이 말 잘한다."

고석훈과 손태명이 나름 항변을 했다. 엘시와 드림걸즈 멤버들이 입을 모아 소리쳤다.

"아무튼 안 돼요!"

현우가 벙 쪄 있는 손태명과 고석훈의 어깨를 두들겼다.

"다들 힘내라."

*   *   *

압구정 모 특급 호텔에 고급 승용차들이 줄지어 들어섰다. 부르릉! 검은색 무광 스포츠카와 파란색 스포츠카, 그리고 하얀색 스포츠카와 갈색 스포츠카가 연달아 호텔 입구에 들어섰다.

연달아 들어선 4대의 스포츠카를 향해 시선이 쏟아졌다. 단순히 스포츠카라서가 아니었다. 그 안에 타고 있는 주인공들 때문이었다.

"어울림이다!"

"김현우 대표가 왔다!"

"어울림 F4다!"

박수와 함께 환호가 쏟아졌다. 검은색 무광 스포츠카의 문이 열리며 턱시도 차림의 현우가 모습을 보였다. 뒤이어 파란색 스포츠카에서 손태명이 모습을 보였고, 최영진과 고석훈도 동시에 모습을 드러내었다.

파티를 찾은 셀럽들이 걸음을 멈추고 호기심 가득한 표정을 보내었다.

위잉. 마침 반대쪽 문이 하늘 높이 열리며 새빨간 레드 드레스 차림의 송지유가 모습을 드러내었다.

현우가 서둘러 송지유를 에스코트했다. 송지유가 모습을 드러내자 순간 장내가 조용해졌다. 셀럽들의 이목이 전부 송지유에게로 쏠렸다.

뒤를 이어 3대의 스포츠카에서 엘시와 크리스틴, 유나, 연희 같은 드림걸즈 멤버들이 등장을 했다.

"……."

"……."

상류층 자제들이나 유명 연예인들로 이루어진 셀럽들이 침묵을 했다. 어울림 식구들의 존재감이 엄청났기 때문이다.

하지만 단연 압권은 현우와 송지유였다. 파티의 주인공인 송지유와 국민 기획사의 대표가 나란히 입장을 하자 홍해가 갈라지듯 셀럽들이 물러섰다.

"……."

파티장으로 들어선 현우는 가장 먼저 눈살부터 찌푸렸다. 팔짱을 끼고 있던 송지유도 표정이 썩 좋지 못했다. 어울림 F4들이나 드림걸즈 멤버들도 마찬가지였다.

호화 그 자체를 넘어서 사치의 끝이었다. 값비싼 샹들리에를 비롯해 CV 그룹 측에서 공수해 온 사치품이 곳곳에 장식되어 있었다.

파티에 초대를 받은 셀럽들도 휘황찬란한 명품으로 전신을 휘감고 있었다. 이중 절반은 태생이 금수저인 자들이었다.

뭐랄까, 어울림 사람들과는 잘 맞지 않는 분위기였다.

"괜히 기죽네?"

마침 엘시가 넌지시 말을 했다. 드림걸즈 멤버들도 고개를 끄덕거렸다. 현우가 엘시를 보며 픽 웃었다.

"그래도 지금 이 순간은 파티에 충실하자고. 질문 받으면 대답들 잘하고. 특히 이다연 실장이랑 유나 팀장."

"오케이!"

엘시와 유나가 입을 모아 소리쳤다.

단번에 셀럽들의 시선이 쏟아졌다. 그리고 현우와 어울림 식구들을 향해 점점 모여들기 시작했다.

"하여간 유나! 너 목소리만 커가지고!"

엘시가 유나를 타박했다. 유나가 울상을 했다.

"온다. 다들 각오해라."

손태명이 안경을 고쳐 쓰며 말했다.

＊   ＊   ＊

파티장의 외곽 발코니에 현우와 송지유가 들어섰다. 다행히 발코니에는 아무도 없었다. 현우가 의자를 빼서 송지유부터 앉혔다.

"후우… 여긴 사람이 좀 없네. 발 안 아파?"

현우의 시선이 송지유의 하이힐 쪽으로 향했다. 높은 구두를 신고 한 시간 넘게 쏟아지는 질문 세례에 시달려야 했다.

"발은 아프지 않은데 머리가 깨질 것 같아요."

"하하, 너도?"

현우가 씩 웃으며 맞은편에 앉았다. 많은 사람의 쏟아지는 관심과 질문 세례에 두 사람은 모든 대답을 해줘야만 했다. 한 마디로 정신이 하나도 없었다.

슥, 커튼을 젖히고 밖을 살펴보니 어울림 F4와 드림걸즈 멤버들은 여전히 붙잡혀 있었다.

"이런 파티는 우리 체질에 영 안 맞는다. 그치?"

"네. 삼겹살에 소주가 지금 간절해요. 와인도 쓰기만 하고 맛도 없어요."

"샴페인은 좀 달달할 거야."

현우가 테이블 위에 놓인 샴페인 잔을 들어 송지유의 잔과 짠, 맞추었다. 샴페인을 한 모금 마신 다음 현우가 조용히 입을 열었다.

"오늘 파티 참석해 줘서 고맙다, 지유야."

현우는 진심이었다. 껄끄러운 자리임에도 송지유는 최선을 다하고 있었다. 전부 현우 자신과 어울림 식구들을 위한 것이라는 걸 현우는 잘 알고 있었다.

송지유가 현우를 물끄러미 응시했다. 현우가 픽 웃었다.

"그렇게 보지 말라니까?"

"왜요?"

"너무 예뻐서 숨 막힌다."

"갑자기 그런 말 막 하지 말아요. 깜빡이 좀 켜줘요."

송지유가 말없이 얼굴을 붉혔다. 그리고는 파티장 밖을 살폈다. 마치 누군가를 찾는 것 같은 표정이었다.

현우가 잠시 망설이다 입을 열었다.

"문태진 팀장님은 오늘 참석하지 않으신 모양이더라."

송지유의 눈동자가 살짝 커졌다가 본래대로 돌아왔다.

"⋯⋯."

"너한테 미안하다 전해달라고도 하셨어."

현우가 더 뭐라고 말을 하려는 사이, 커튼이 젖혀지고 손태명과 엘시가 나타났다.

"여기 있었냐, 둘이?"

"와! 치사하게 여기 숨어 있었어요? 우린 진짜 죽을 고생하다 왔는데!"

엘시가 볼을 부풀렸다. 뒤이어 최영진과 고석훈, 그리고 드림 걸즈 멤버들도 커튼 사이를 뚫고 속속 모습들을 드러내었다.

"어?"

최영진이 어리둥절해했다. 어울림 식구들이 여기 다 모여 있었기 때문이었다.

"이거 다들 발코니로 도망 온 거야?"

그렇게 말하곤 현우가 픽 웃었다.

"삼겹살에 소주가 딱 인데."

송지유가 했던 말을 엘시도 똑같이 하고 있었다. 어울림 식구들이 다 같이 웃음을 터뜨렸다.

"대표님, 전 파티 체질이 아닌가 봐요. 드레스도 불편하고 자꾸 돈 자랑, 집안 자랑 하는 통에 죽겠어요. 돈은 나도 많고, 우리 집안도 화목한데."

연희가 현우에게 쩡쩡거렸다. 현우가 빙그레 웃으며 샴페인을 따라주었다.

"연희 씨가 예쁘니까 관심 끌려고 그러는 거예요. 한 귀로 듣고 흘려요."

"그래도 그렇잖아요. 자랑할 게 돈이랑 집안 자랑밖에 없는 것도 아닌데… 석훈 오빠 아니었으면 유나랑 저랑 고생할 뻔 했어요."

그때였다. 커튼이 젖혀지고 일련의 무리가 발코니로 들어섰다. 명품으로 온몸을 도배한 청년 세 명이었다.

각각 중견 기업인 혜성 물산과 한국 유통, 그리고 도진 패션의 자제들이었다.

"오오! 여기들 계셨구나? 왜 그냥 갔어요? 우리랑 이야기 좀 더 하시지?"

혜성 물산의 둘째 아들인 정기태가 연희와 유나를 보며 말을 했다. 연희와 유나가 크게 당황해했다. 현우를 비롯해 어울림 식구들이 단번에 눈치를 챘다. 파티 내내 연희와 유나를 귀찮게 했다는 그 무리들 같았다.

"가진 게 돈이랑 집안밖에 없는데 어떻게 자랑을 안 합니까? 그럼 그쪽들은 솔직히 외모랑 인기 빼면 뭘 볼 거 있나?"

정기태가 비아냥거렸다. 고석훈이 굳은 표정으로 연희와 유나의 앞을 가로막았다.

"취한 것 같은데, 나가시죠."

"나가? 우리가 왜? 좀 친해지겠다는데 아까부터 네가 뭔데 사사건건 간섭이냐?"

"드림걸즈 매니저입니다. 불순한 의도로 접근을 하는 사람들은 당연히 막아야 합니다. 그게 제 일이니까요."

고석훈이 표정 하나 변하지 않고 바른 말을 했다. 순간 정기태와 그 친구들의 표정이 붉어졌다.

"어울림 F4? 웃기네. 연예 기획사 나부랭이들이 인기 좀 있다고 무게 한번 엄청 잡는데, 솔직히 우습거든."

"……"

고석훈은 아무런 대답도 하지 않았다.

"김현우 대표님, 소속 연예인분들이 예뻐서 같이 이야기 좀 하고 싶은데 댁네 회사 매니저가 너무 까칠합니다. 이래도 되는 겁니까? 예?"

정기태가 가만히 앉아 있는 현우에게 물었다.

"……"

현우가 넥타이를 고쳐 매고는 자리에서 일어나려 했지만 손태명이 현우의 어깨를 눌러 만류했다.

그러고는 손태명이 입을 열었다.

"적당히 기분 좋게 취하신 것 같은데, 나중에 따로 말씀 나누는 게 좋겠습니다. 보시다시피 파티의 주인공이 컨디션이 좋지 않아서 휴식을 취하고 있습니다."

손태명의 정중하면서도 차가운 말투에 정기태의 시선이 송지유에게로 향했다.

"아하. 그래요? 그래서 우리는 귀찮으니까 이만 나가달라 이거야? 와, 송지유가 그렇게 대단해? 딴따라 계집 년들 주제에 진짜… 혹시 얘네가 너희 이거야?"

정기태가 새끼손가락을 들어 보였다. 순간 손태명의 표정이 싸늘해졌다. 현우도 자리에서 일어났다.

"일어나면 뭘 어쩔 건데?"

정기태가 따지고 들었다.

"태명아, 안경 벗어라."

"그렇지 않아도 그럴 거다."

손태명이 안경을 벗어 크리스틴에게 건넸다. 고석훈이 셔츠 소매를 걷었다. 최영진도 넥타이를 풀었다.

"영진아, 커튼 닫아."

현우가 조용히 말을 했다.

"치, 치려고? 너희들 미쳤어? 여기가 어딘 줄 알아?"

정기태와 그 친구들이 당황해하기 시작했다. 현우가 길게 한숨을 내쉬었다.

"다연아, 녹음 다했지?"

"당연하죠!"

엘시가 핸드폰을 흔들어 보였다. 정기태와 그 친구들의 얼굴이 하얗게 질렸다. 언론에 이 사실이 알려지기라도 한다면 그야말로 개망신이었다. 재벌가나 상류층 자제들의 치명적인 약점이 바로 좋지 않은 대중들의 시선이었다.

현우가 정기태와 그 친구들을 보며 픽 웃었다.

"기자들한테 하도 시달리다 보니까 녹음이 생활화됐거든. 그래도 이거 녹음한 건 깨끗하게 지워줄 테니까, 대신 계급장이니 집안이니 다 떼고 한판 붙자, 이 버러지 새끼들아."

현우의 싸늘한 말에 정기태와 그 친구들이 주춤했다. 현우의 눈동자가 반쯤 돌아가 있었다.

*　　　　*　　　　*

최영진이 슥, 두터운 커튼을 닫았다. 그러고는 커튼 끈까지 묶어버렸다. 정기태와 그 친구들이 뜻밖의 상황에 어쩔 줄을 몰라 하고 있었다.

"뭐 하냐? 옷 벗어. 그쪽도 안경 벗고."

현우가 슈트 상의를 벗어 송지유에게 건네며 말했다. 정기태가 송지유와 드림걸즈 멤버들을 번갈아 쳐다보았지만 소용이 없었다. 무슨 놈의 여자들이 말릴 생각은 단 하나도 없어 보였다.

"그, 그게 말로……."

"말로? 무슨 말로? 아, 개망나니들의 말로?"

현우의 언어유희에 엘시와 드림걸즈 멤버들이 웃음 참기에 들어갔다.

"다치니까 시계도 풀어라."

손태명이 시계를 풀며 싸늘한 경고를 날렸다.

현우가 손태명과 최영진, 고석훈의 앞으로 서며 정기태를 노려보았다.

"내가 제일 싫어하는 족속들이 너희 같은 족속이야. 가진 것에 따라 사람 구분하는 놈들. 그리고 강자한테 약하고 약자한테 여포 짓 하는 놈들. 너희 살면서 주먹질 하면서 싸워 본 적은 있냐?"

"……."

현우의 일침에 정기태와 그 친구들의 얼굴이 벌게졌다.

금수저로 태어난 그들은 어려서부터 늘 떠받들어지며 살아왔다. 싸움은커녕 누구에게 싫은 소리도 제대로 들어본 적이 없었다. 그랬기에 오늘 같은 경우는 생전 처음이었다.

"매니저 따위가 너무 건방지다고? 당연하지, 이 새끼들아. 석훈이는 밑바닥부터 산전수전 다 겪고 여기까지 올라온 녀석인데, 너희들 같은 핏덩이들은 그냥 우습지. 그저 부모 잘 만난 거 빼고는 아무것도 볼 거 없는 새끼들인데 얼마나 같잖겠어? 석훈아, 다음에 이런 일 또 있으면 그냥 한 대 갈겨. 형이 책임지고 수습할 테니까."

"예, 대표님."

고석훈이 즉각 대답을 했다. 현우가 주머니에 양손을 넣은 채로 말을 이어갔다.

"잘 생각해 봐. 평소에 주변 사람들이 너희들을 어떤 시선으로 보는지."

정기태와 그 친구들이 송지유와 엘시, 드림걸즈 멤버들을 살폈다. 경멸이 담긴 시선들에 정기태와 그 친구들이 귀까지 붉어졌다.

"서론이 좀 길었는데, 더는 열 받아서 안 되겠다. 죄를 지었으니까 벌 좀 받자."

현우가 마지막으로 셔츠 손목 단추를 풀었다. 정기태와 친구들이 도망을 치기 위해 서둘러 커튼을 젖히려 했다.

그때였다. 커튼 문이 열리고 익숙한 얼굴이 나타났다. 문태진이었다. 현우의 눈동자가 커졌다.

"팀장님?"

"……."

문태진이 눈인사를 하고는 정기태와 그 친구들을 쳐다보았다.

"태진 형님! 마침 잘 오셨습니다. 이 새끼들이 말입니다. 우리를, 으악!"

문태진이 현우에 이어 송지유를 발견하고는 표정이 굳어버렸다. 퍽! 소리와 함께 정기태의 턱이 돌아갔다.

"그 커튼 꼭 닫아요."

문태진의 말에 최영진이 얼른 다시 커튼을 닫았다.

"혀, 형님? 왜 이러세요?"

정기태의 친구가 깜작 놀라며 문태진의 팔을 붙잡으려 했지

만 소용이 없었다. 멱살을 잡은 채로 문태진이 한국 유통 후
계자를 바닥에 꽂아버렸다. 외마디 비명과 함께 한국 유통 후
계자가 바닥을 나뒹굴었다.

"형! 왜 이러시는 건데요? 우리는 잘못이……!"

문태진의 발차기가 그대로 도진 패션 둘째 아들의 복부에
꽂혔다. 도진 패션 둘째 아들이 바닥으로 널브러졌다.

"……."

평소 늘 웃고 있던 문태진이 무표정으로 정기태와 친구들
을 내려다보고 있었다. 문태진이 뿜어내는 포스에 정기태와
친구들이 덜덜 떨고 있었다.

현우가 흥미로운 눈동자로 그런 문태진을 지켜보고 있었다.
그저 선한 귀공자인 줄 알았는데 강단까지 있다. 볼 때마다
호감이 생기는 인물이었다.

문태진이 조용히 입을 열었다.

"오늘 일 밖으로 새어 나가면 너희 셋 다 대한민국에서 발
못 붙이게 해줄 테니까 그렇게 알아라."

문태진의 경고에 세 상류층 자제들이 부들부들 몸을 떨었
다. CV 그룹이라면 대한민국에서 세 손가락 안에 드는 재벌가
였다. 그리고 문태진은 그 그룹의 후계자였다.

여기서 잘못 보였다간 후환이 두려웠다. 하지만 억울했다.
결국 정기태가 울분을 토했다.

"태진 형님! 이건 너무 심하지 않습니까?"

"심하다?"

문태진이 얼굴이 얼음처럼 굳어버렸다.

"너희 잘난 부모들 회사 줄줄이 도산시켜 줄 수도 있어. 난 CV 그룹 차기 총수다. 내뱉은 말은 꼭 지켜. 내가 누군지 잊었나 본데, 문성훈 회장이 내 아버지다. 그 잔인한 핏줄이 어디 갈 거 같아?"

문태진의 마지막 말에는 분노와 쓸쓸함이 뒤섞여 있었다.

"사과해."

문태진의 명령에 정기태와 친구들이 자리를 털고 일어났다. 그리고 현우 일행에게 꾸벅 고개를 숙였다.

"…죄송합니다."

현우와 어울림 식구들이 고개를 끄덕였다. 그 모습을 지켜보던 문태진이 딱 한마디를 더 내뱉었다.

"사라져."

단 한마디에 정기태와 친구들이 서둘러 자취를 감추었다. 문태진이 우두커니 서서 저녁 하늘을 쳐다보고 있었다. 생각이 많아 보였다.

현우를 비롯해 어울림 식구들이 섣불리 말을 걸지 못하고 있었다. 그의 모습이 너무 쓸쓸해 보였기 때문이었다.

잠시 생각에 잠겨 있던 문태진이 고개를 돌렸다.

"김현우 대표님, 그리고 어울림 여러분들, 실례가 많았습니다. 첫 만남도 그랬고 늘 실례만 끼치는군요."

문태진이 쓰게 웃으며 대신 사과를 해왔다. 현우가 고개를 저었다.

"아뇨. 이번에도 최선을 다해 도와주셔서 감사할 따름입니다. 근데 좀 아쉽네요. 간만에 몸 좀 풀어보려고 했는데 말입니다."

"하여간 미친놈."

현우의 허세에 손태명이 픽 웃으며 고개를 저었다.

그제야 문태진도 현우와 매니저들을 살펴보았다. 넷 다 슈트 상의를 비롯해 넥타이에 셔츠 손목 단추까지 풀어놓고 있었다. 심지어 시계까지 풀러놓은 상태였다.

문태진이 너털웃음을 흘렸다.

"정말 싸우려고 하신 겁니까, 대표님?"

"네 뭐. 전 빠꾸가 없는 남자라서 말입니다."

"저도 현우 형님 보고 아, 김태식이 돌아왔구나! 이렇게 생각했는데요?"

최영진이 말을 보탰다.

"하하!"

결국 문태진이 웃음을 터뜨렸다. 참고 있던 엘시와 드림걸즈 멤버들도 결국 웃음을 터뜨렸다.

현우가 어깨를 으쓱하며 빙그레 웃었다.

"문 팀장님, 싸움 좀 하시던데요?"

"아, 소싯적에 미국에서 좀 날렸습니다."

"저도 그랬습니다."

"나는 왜 빼는데?"

손태명이 현우의 어깨를 툭, 쳤다.

"전 싸워서 져본 적이 없다니까요?"

최영진도 급히 대화에 끼어들었다. 엘시가 최영진을 보며 얼굴을 찌푸렸다.

"영진 오빠는 홍콩 어워드 갔을 때 홍콩 파파라치들보고 덜 덜 떨었으면서. 유나랑 제시 아니었으면 우리 거기서 버스 못 탔거든요?"

"내, 내가 언제?!"

최영진이 항변을 했다. 현우와 문태진을 시작으로 다들 또 웃음을 터뜨렸다.

"진짜 남자들 허세 하나는 최고네. 다들 아주 싸움꾼이야, 싸움꾼."

엘시와 남자들의 무용담에 한숨을 내쉬었다. 유나가 고석 훈의 팔을 흔들었다.

"근데 석훈 오빠는 왜 아무 말도 안 해요?"

그러고 보니 무용담 속에서 고석훈만 말이 없었다. 시선이 모아지자 고석훈이 눈을 깜빡거리다 입을 열었다.

"전 북파공작원 출신입니다. 혼자 무장 공비 세 명을 사살해 봤습니다."

순간 장내가 얼어붙었다.

"지, 진짜야? 고 팀장?"

특히 놀란 건 최영진이었다. 그동안 장난 반, 진담 반으로 고석훈과 경쟁 구도에 있었던 최영진이었다.

분위기가 얼어붙자 고석훈이 다시 입을 열었다.

"농담입니다."

"오빠! 진짜 줄 알았잖아요! 오빠가 농담하면 진담처럼 들리는 거 몰라요?"

연희가 소리를 질렀다.

"무서워서 눈물 날 뻔했잖아요. 힝."

유나도 울상을 하고 있었다.

반면, 고석훈의 입가가 살짝 올라가 있었다.

*　　　*　　　*

현우와 문태진이 발코니 난간에 등을 기대고는 샴페인을 마시고 있었다. 두 남자의 시선이 파티장 안으로 향해 있었다.

송지유는 파티의 주인공답게 다시 셀럽들에게 둘러싸여 스포트라이트를 받고 있었고, 엘시와 드림걸즈 멤버들은 그야말로 파티를 즐기고 있었다. 어울림 F4들도 많은 셀럽에게 둘러싸여 있었다.

"저희들 때문에 오신 겁니까?"

현우가 조용히 입을 열었다. 문태진이 고개를 돌렸다.

"그렇다고 해야겠죠. 그 난리를 쳤으니."

문태진이 샴페인을 홀짝이며 대답을 했다. 그러고는 다시 말을 꺼냈다.

"김현우 대표님은 아버지를 존경하신다고 들었습니다. 기사를 봤거든요."

"네, 존경합니다. 저에게 어울리는 법을 가르쳐 주셨거든요."

"김현우 대표님이 부럽습니다. 저는 아버지를 닮지 않기 위해서 살아가고 있거든요."

문태진의 자조 섞인 말에 현우가 차마 대답을 하지 못했다.

조금 전 문태진이 정기태 일당에게 했던 말들 중에 이런 말이 있었다.

'문성훈 회장이 내 아버지다. 그 잔인한 핏줄이 어디 갈 거 같아?'

그때 그 순간만큼은 문태진이 세상에서 제일 불행해 보일 정도였다.

"전 제가 사는 이 세상을 혐오합니다. 화려해 보이지만 실상은 부와 명예라는 허상을 위해 모여든 족속들이 대부분이거든요. 우연히 들었습니다. 네, 그렇습니다. 김현우 대표님 말씀처럼 가지고 있는 것들로 신분이 결정되는 곳이 이곳이죠. 재벌 2세라는 거창한 명함만 내려놓으면 저 역시 아무것도 아닌게 되는 곳이 이 세상입니다. 어느 순간 그걸 깨닫게 되니 모든 것들이 허무해지더군요."

"방황을 많이 하셨겠습니다."

"그렇죠. 미국에서도 하지 말라는 짓은 다 했습니다. 그래도 허무함을 채우진 못했습니다."

현우가 문태진을 살폈다. 말은 그렇게 해도 지금의 문태진은 제법 평온해 보였다. 현우의 시선이 엘시와 이야기를 나누고 있던 정민지에게로 향했다. 덩달아 문태진의 시선도 정민지에게 향했다.

시선이 마주치자 정민지가 문태진을 향해 미소를 지으며 손을 흔들어 보였다. 문태진도 환한 웃음과 함께 샴페인 잔을 들어 보였다.

"저 사람입니다. 길었던 방황을 끝내준 사람 말입니다. 따스한 여자죠. 고장 나버린 저와는 많이 다른 사람이에요."

"그래 보입니다."

현우도 미소를 머금었다. 문태진이 현우를 보며 잠시 망설였다. 무언가 묻고 싶은 게 있는 것 같았다.

현우가 먼저 말을 꺼냈다.

"괜찮습니다. 궁금한 게 있으면 얼마든지 물어보세요. 같이 편을 먹고 주먹다짐을 했으면 그때부턴 같은 편이죠."

현우의 논리에 문태진이 하하 웃었다. 그러고는 머뭇거리다 입을 열었다.

"송지유 씨는 어떤 사람입니까?"

힘겹게 꺼낸 말에 현우가 송지유를 응시하며 입을 열었다.

"겉으로는 차가워 보이지만 그 누구보다도 여린 아이죠. 고장 난 마음을 감추려고 그런다는 걸, 지유를 만나고 얼마 안 가 깨달았습니다. 오지랖뿐인 저와는 많이 다른 아이입니다."

"……"

문태진이 고개를 숙인 채로 대답이 없었다. 현우도 더 이상 말을 이어가지 않았다.

현우가 홀로 샴페인 잔을 비워냈다.

"팀장님 질문에 대답을 했으니 저도 하나 묻겠습니다. 그토록 혐오하는 이곳으로 왜 돌아오신 겁니까?"

"잘못된 것을 제대로 돌려놓으려고 돌아왔습니다."

"네?"

현우가 반문했다.

"바로 지금 이 순간을 위해서 말이죠."

문태진이 샴페인 잔을 내려놓고는 파티장 안으로 뛰어들었다. 현우도 급히 문태진을 뒤따라 파티장으로 향했다.

2장
죄를 지었으면
벌을 달게 받는 게 세상 이치다

"사전에 연락도 없이 무슨 일이냐?"

낮은 중저음의 목소리 속에는 은은한 노기가 섞여 있었다.
탁. 만년필을 내려놓은 목소리의 주인이 문을 박차고 들어온
불청객을 올려다보았다.

"문태진 팀장."

"예, 회장님."

"무슨 일로 왔냐니까."

"……."

문태진의 표정이 굳어 있었다. 다시 만년필을 집어 든 중년

의 사내가 문태진을 보며 픽 웃었다.

"그 아이가 걱정이 되는 게냐?"

"기념 파티. 왜 저랑 상의도 없이 진행을 하신 겁니까?"

"엄밀히 말하면 상의는 했었지. 다만 네가 차일피일 미루기만 하니 내가 나서서 최종 결정을 내린 것뿐이다. 기분이 상했으면 사과하마. 바쁘니 돌아가거라."

"취소하십시오."

문태진이 딱딱한 표정으로 말을 했다. 서류들에 사인을 하던 중년 사내가 다시 고개를 들었다.

"내가 왜 그래야 하지?"

"회장님, 속셈은 이미 뻔히 알고 있습니다."

"오호? 그래? 그럼 들어보자. 네가 생각하는 내 속셈이 무엇이냐?"

시선과 시선이 허공에서 충돌했다. 문태진은 물러서지 않았다. 중년 사내가 또다시 픽 웃었다.

"꼭 그때 그 얼굴 같구나. 그래, 이번에도 내 뜻을 거스르겠다 이거냐? CV 그룹의 후계자라는 놈이 그렇게 물러서야! 아무것도 없는 여자와 결혼을 허락해 줬으면 만족을 할 것이지! 내가 어디까지 양보를 해야 하는 게냐!"

쾅! 중년 사내가 주먹으로 책상을 내려쳤다. 회장실 문이 열리며 비서들이 우르르 들이닥쳤다.

"회, 회장님!?"

비서들을 비롯해 최측근들이 문성훈 회장의 상태를 살폈다. 그런 다음에는 그의 앞에 부동자세로 서 있는 문태진 쪽으로 시선을 옮겼다.

"……."

비서들과 최측근들이 눈치를 보며 한숨을 삼켰다.

CV 그룹 총수와 후계자 간의 갈등은 공공연한 비밀 중 하나였다. 후계자인 문태진이 오랜 미국 유학 생활을 하며 해외를 떠돈 것도 불화 때문이라는 말이 돌고 있었다.

"괜찮으니까 다들 나가봐."

문성훈 회장의 명령에 비서들과 최측근들이 다시 회장실을 나섰다.

쿵. 회장실 문이 굳게 닫혔다.

"그 아이 그냥 두십시오. 그리고 기념 파티 취소하십시오."

"내가 내 혈육을 두 눈으로 직접 보겠다는 것도 잘못이라는 말이냐?!"

"언제부터 그 아이가 회장님 혈육이 된 겁니까?"

"그 아이는 원래부터 내 혈육이었어!"

"아뇨! 평생을 모른 척하지 않았습니까? 회장님 때문에 어머니도, 저도, 온 가족들이! 평생 모른 척을 하며 숨죽여 살아왔습니다! 그런데 이제 와서 내 딸이다? 왜요, 국민적인 스타에 할리우드 스타까지 되니까 이제는 욕심이 나시는 겁니까? 숨기는 것보단 밝히는 게 훨씬 득이 많다는 판단이 드신 겁니까?!"

문태진이 핏대를 세웠다. 문성훈이 그런 문태진을 보며 당연하다는 표정을 했다.

"잘 아는구나. 이 무능한 놈, 네가 내 마음에 들었으면 내가 이런 결정을 내렸을 것 같아?! 넌 나를 번번이 실망시켰어! 야망도 욕심도 없는 반푼이 같은 놈! 대체 누굴 닮아서!"

"인간의 탈을 쓴 짐승을 닮긴 싫습니다!"

"이놈이!"

문성훈 회장이 노기를 터뜨리며 만년필을 집어 들었다.

"……."

문태진은 피하지 않았다. 오히려 문성훈 회장을 똑바로 쳐다보았다.

"회장님의 핏줄이라는 낙인은 저 하나면 충분합니다. 제가 막을 겁니다. 그리고 절대 물러서지 않을 겁니다. 이걸로 안 되면, 참아도 안 되면! 저도 더 이상 가만히 있지는 않을 겁니다. 후계자? 총수? 이딴 거 다 버리고 다시 미국으로 돌아갈 겁니다!"

"이 멍청한 놈! 그 아이가 대체 너한테 뭐라고!"

"동생요! 평생 이름 한번 제대로 못 불러본 내 동생이란 말입니다!"

문태진의 주먹이 부들부들 떨렸다.

＊　　　＊　　　＊

분위기가 무르익어 가던 파티장이 순간 침묵에 휩싸였다. 수행원들에게 둘러싸인 채로 이번 기념 파티의 주최자이자 CV 그룹의 총수인 문성훈 회장이 등장을 했기 때문이었다.

"성대하게 파티를 열어주신 문성훈 회장님이십니다! 박수로 맞아주십시오!"

진행자가 가라앉은 분위기를 환기시켰다. 기념 파티에 참석한 셀럽들이 일제히 박수를 보내어왔다.

문성훈 회장이 오만한 자세로 파티에 참석한 인원들을 한 차례 둘러보았다. 그러다 그의 시선이 한곳에서 멈추었다. 그곳에는 바로 송지유가 샴페인 잔을 들고 서 있었다.

"저기 있군."

희미한 미소를 머금은 채 문성훈 회장이 송지유 쪽으로 걸음을 옮겼다.

"저분, 우리한테 오는데?"

엘시가 송지유의 팔을 흔들었다. 송지유가 그런 엘시의 손을 잡았다.

"나도 알아요."

"하긴 지유 네가 파티의 주인공이긴 하지."

그사이 문성훈 회장이 점점 가까워졌다. 엘시와 드림걸즈 멤버들이 본능적으로 송지유의 양옆 좌우에 늘어섰다.

마침내 문성훈 회장이 수행원들과 함께 송지유의 앞에 다가섰다. 그러고는 조용히 송지유를 응시했다.

"……"

"……"

거대 미디어 재벌의 총수가 뿜어내는 압력에 주변에 모여 있던 셀럽들이 주춤 물러섰다. 하지만 송지유는 달랐다. 눈 하나 깜짝하지 않고 문성훈 회장의 시선을 마주하고 있었다.

"네가 지유구나."

중저음의 음성이 낮게 울려 퍼졌다. 송지유의 표정이 무표정해졌다. 송지유가 살짝 고개를 숙였다.

"안녕하세요. 기념 파티를 열어주셔서 감사합니다, 회장님. 하지만 초면부터 그렇게 이름을 부르시는 건 실례가 아닌가요? 저는 오늘 회장님을 처음 뵙는데요?"

예의 있으면서도 굽히지 않는 송지유를 보며 셀럽들이 경악을 했다. 주변 공기가 차갑게 얼어붙었다.

"그런가."

문성훈 회장의 표정이 살짝 굳어졌다. 수행원들이 당황함을 숨기지 못하고 허둥지둥했다. 하지만 송지유는 물러설 생각이 없어 보였다.

굳어 있던 문성훈 회장의 얼굴에 조금씩 미소가 번지기 시작했다.

"하하."

갑작스레 문성훈 회장이 작은 웃음을 터뜨렸다.

혹여나 문제라도 생길까, 엘시와 크리스틴이 송지유의 좌우로 밀착을 했다.

"역시 송지유답군. 대한민국 최고 스타가 이 정도 깜냥은 되어야지. 내가 생각했던 그대로야! 아주 당차고 똑 부러지는군! 하하!"

결국 문성훈 회장이 크게 웃음을 터뜨렸다. 수행원들은 물론이고 주변 셀럽들도 안도를 했다.

"그래요, 송지유 양. 파티는 만족스럽습니까?"

문성훈 회장의 존대에 수행원들과 셀럽들이 다시 한번 놀랐다. 평소 상류층 사이에서도 문성훈 회장의 오만함은 유명했다. 그렇게 오만하기로 유명한 미디어 재벌이 일개 연예인에게 존대를 하고 있었다.

처음 보는 낯선 광경이었다.

한마디도 하지 않고 있던 송지유가 그제야 샴페인을 홀짝였다.

"쟤 좀 봐. 문 회장님 앞에서 하나도 안 떨어."

"진짜 송지유 쟤, 장난 아니다."

그 자연스러운 모습에 재벌가 자제들도 놀라고 있었다.

송지유가 샴페인 잔을 비워내자 웨이터가 빈 잔을 받아갔다.

"파티는 처음이지만 재미있었어요. 하지만 사람이 너무 많은 곳은 좋아하지 않아요."

솔직함을 넘어 오만하기까지 한 평에 수행원들을 비롯한 파티장의 셀럽들이 급히 문성훈 회장의 눈치를 살폈다. 하지만 문성훈 회장은 웃음을 머금을 뿐이었다.

"하하. 솔직하기까지 하군. 나 역시 쓸데없이 소란스러운 곳보다는 조용한 곳을 좋아하지. 이거 신기하게도 지유 양과 내가 비슷한 구석이 많아. 그렇지들 않은가?"

문성훈 회장의 말에 측근들이 맞장구를 치면서도 송지유의 눈치를 살폈다.

"……"

만족스러워하는 문성훈 회장과 달리 송지유의 표정이 차가워졌다.

"할리우드에 진출을 했다지? 축하하네. 내 기념으로 지유 양과 어울림 식구들에게 저녁을 사고 싶은데 어떤가?"

"맛있는 거요?"

유나가 눈치 없이 쾌활한 질문을 던졌다. 연희가 얼른 손으로 유나의 입을 막았다. 크리스틴이 유나를 노려보았다. 유나가 슥 뒤로 움츠러들었다.

"……"

해프닝에도 송지유는 대답 대신 웨이터로부터 샴페인을 받아 한 모금 홀짝일 뿐이었다. 끝내 대답이 나오지 않았다.

송지유가 냉기를 뿜어내자 다시 파티장이 얼어붙기 시작했다.

사태를 파악한 엘시와 드림걸즈 멤버들이 급히 주변을 살피며 현우와 매니저들을 찾았다. 송지유의 분위기가 이상했기 때문이다.

셀럽들도 조금씩 수군거리기 시작했다.

그때였다. 때마침 현우와 문태진이 나타났다.

"휴! 왔다, 김태식."

엘시가 안도의 한숨을 내쉬었다.

* * *

"문태진 팀장이 여긴 어쩐 일인가?"

문성훈 회장이 갑작스레 등장한 문태진을 보며 태연하게 말을 했다.

"기획팀이 주최한 사안입니다. 기획팀장인 제가 빠질 수는 없죠."

"하하. 그랬었지. 그래, 지유 양과는 인사를 나누었나? 나는 조금 이야기를 나누어봤는데 이거 공교롭게도 나와 비슷한 구석이 참 많더군."

"……!"

문태진이 딱딱하게 굳은 표정을 했다. 그러더니 천천히 걸음을 옮겨 송지유의 앞을 가로막았다.

문태진의 등이 보이자 송지유의 표정이 흔들렸다.

현우 역시 그런 문태진의 옆에 굳게 섰다. 현우와 문태진이 문성훈 회장과 송지유 사이를 가로막아 버린 셈이었다.

문성훈 회장의 눈썹이 살짝 꿈틀거렸다.

"뭐 하는 짓이지, 문태진 팀장?"

"감기 몸살 기운이 있는 데도 송지유 씨가 파티에 참석을 하셨다고 들어서 말입니다. 김현우 대표님, 가시죠."

현우가 송지유에게 팔을 내밀었다. 그러자 송지유가 현우의 팔을 붙잡았다. 문성훈 회장이 픽 작게 웃었다.

"감기 몸살 기운이 있다? 그런 일이 있었으면 진작 말을 했어야지. 오늘 파티의 주인공이 아프면 되겠나? 김 비서, 당장 황 박사를 불러와."

"예, 회장님."

"아뇨. 송지유 씨는 전담 병원으로 가실 겁니다."

문태진의 말에 파티장으로 다시 침묵이 감돌았다. 표면적으로 보면 두 부자 간의 공적인 대화였지만 파티장은 긴장감으로 팽팽했다.

"저 둘은 또 왜 저래?"

"뭔데? 왜 그러는데?"

재벌가 자제들이 상황을 파악해 내기 위해 머리를 굴렸다. 하지만 자세한 사정은 알 길이 없었다.

문성훈 회장의 시선이 현우의 팔을 붙잡고 있는 송지유에게로 향했다가 다시 현우에게 향했다.

"자네가 소문의 김현우 대표인가?"

"처음 뵙겠습니다. 어울림 엔터테인먼트 대표 김현우입니다."

현우가 문성훈 회장을 똑바로 응시하며 당당하게 대답을 했다.

"호오… 직접 보니 내 생각보다도 훨씬 젊고 인물이 훤하군."

문성훈 회장이 현우에게 큰 관심을 보였다.

불과 서른 살도 되지 않은 나이에 국민 기획사를 만들어낸 장본인이 바로 현우였다. 다른 3대 기획사보다는 아직 규모가 작았지만 역대급 규모의 신사옥 건설로 조만간 규모도 갖출 예정이었다.

무엇보다 대표인 현우와 어울림 F4라 불리는 청년들은 대한 민국에서 요즘 가장 많은 사랑을 받고 있는 젊은이들이었다.

'달타냥과 삼총사'가 아니라 '김현우와 삼총사'라 불릴 정도로 대중들에게 큰 사랑을 받고 있었다.

문성훈 회장이 현우를 비롯해 손태명과 최영진, 그리고 고석훈을 연달아 살폈다.

"탐이 나는 젊은이들이군. 요즘 보기 드문 젊은이들이야."

"감사합니다, 회장님."

현우가 살짝 목례를 했다.

"그래. 김현우 대표는 파티가 즐거운가?"

"즐겁습니다. 하지만 와인이나 치즈보다는 소주와 삼겹살이 더 맞는 체질입니다."

"그런가? 하하! 소탈한 친구군. 아주 마음에 들어. 소문을 들어보니 별명이 김태식이라고?"

"부끄러운 별명입니다."

"아닐세. 남자가 그 정도 패기는 있어야지. 야망도 두둑하고 말이야. 문태진 팀장은 너무 물러. 야망도 없지."

문성훈 회장의 못마땅한 시선이 문태진에게로 향했다가 그의 아내인 정민지에게로 향했다. 정민지가 조용히 폭, 고개를 숙였다.

"······."

문성훈 회장의 질타에도 문태진은 여전히 송지유의 앞을 굳게 가로막고 있었다.

현우의 눈썹이 꿈틀거렸다.

'대체 자기 아들이 뭐가 그렇게 못마땅한 거지?'

이해를 할 수가 없었다. 비록 짧은 만남이었지만 문태진은 진실된 사람이었다. 그리고 마음이 따뜻한 그런 진짜 남자였다.

"문태진 팀장님은 그 누구보다도 좋은 분이십니다. 좋은 아드님을 두셨습니다, 회장님."

"······!"

현우의 말에 문태진이 눈을 크게 떴다. 주변 공기가 다시 얼어붙었다. 문성훈 회장이 묘한 표정으로 현우를 응시했다.

현우의 시선은 흔들림이 없었다.

"김현우 대표씩이나 되는 사람이 내 아들을 높게 평가해 주니 기분은 좋군. 그래, 그래서 지유 양을 데리고 병원으로 갈 텐가? 아니면 이곳에 남아 있을 겐가?"

즉, 여기서 선택을 하라는 뜻이었다. 현우가 문태진을 쳐다보았다. 문태진과 현우의 시선이 마주쳤다.

현우가 그런 문태진을 향해 씩 웃어 보였다.

"병원으로 가겠습니다. 지유 컨디션이 며칠 전부터 좋지 않습니다."

"주치의를 불러준 데도?"

"네, 지유는 어울림 소속입니다. 대표로서 지유의 건강 문제는 제 소관입니다."

현우가 당당하게 말을 했다. 현우의 패기에 셀럽들과 상류층 자제들이 입을 떡 하고 벌렸다.

한마디로 요약을 하자면 호의는 고마우나 상관 말라는 뜻이었다. 천하의 문성훈 회장에게 송지유도 모자라 현우까지 반기를 들고 있는 셈이었다.

"……."

문성훈 회장이 현우를 똑바로 쳐다보았다. 현우도 물러설 생각이 없었다. 빙그레 미소를 머금은 채로 문성훈 회장을 응시했다.

"좋네. 뜻대로 하게. 그럼 나는 어떻게 할 텐가? 해외 출장도 취소하고 파티장으로 왔는데, 파티의 주인공이 없어지게 생겼으니 말이야. 김현우 대표, 자네가 책임을 지게."

"아버지!"

문태진이 소리를 쳤지만 문성훈 회장은 아랑곳하지 않았다. 현우가 문태진을 보며 괜찮다며 고개를 끄덕여 보였다.

"그럼 저랑 소주 한잔하시는 건 어떻겠습니까?"

"소주?"

"파티에 초대를 해주셨으니 소주에 삼겹살은 제가 사겠습니다."

현우가 아무렇지도 않게 말을 꺼내고 있었다.

파티장의 모든 사람들이 경악을 하고 말았다. 미디어 재벌 그룹의 총수에게 소주에 삼겹살을 먹자고 제안을 하는 사람이 등장을 한 것이었다.

문성훈 회장도 조금은 황당한 표정을 하고 있었다.

"야, 이 미친놈아."

손태명이 현우에게 속삭였다. 현우가 그런 손태명을 보며 어깨를 으쓱했다.

"왜? 뭐?"

*   *   *

문성훈 회장이 현우를 황당한 표정으로 보고 있었다. 수행원들은 식은땀까지 흘리며 문성훈 회장의 눈치를 살피느라 여념이 없었다.

화려하고 사치품 일색인 호텔 파티장에서 소주와 삼겹살 드립이라니, 셀럽들이나 상류층 자제들도 현우를 미친놈 보듯하고 있었다.

반면, 현우는 뭐가 잘못됐냐는 표정이었다.

"혹시 소주는 못 드십니까?"

현우의 당당함에 문성훈 회장이 소리 없이 끅끅 웃다 입을 열었다.

"젊었을 적에는 자주 마셨지. 옛 기억이 나는군. 그래, 오늘 같은 날은 소주도 나쁘지 않겠어. 자네가 잘 아는 가게로 가지."

"그렇게 하겠습니다. 그럼 오늘 일은 없던 일로 퉁 치죠."

"퉁을 치자? 하하! 좋네. 오늘 일은 퉁을 치지. 마침 자네라는 인물도 궁금하던 차였어."

문성훈 회장이 날카로운 눈빛으로 현우의 곳곳을 살폈다. 사태가 진정되자 파티장 분위기가 서서히 풀어졌다.

"대표님."

문태진이 현우를 불렀다. 현우가 고개를 돌렸다. 문태진이 송지유의 앞을 가로막고 지켜주고 있었다. 현우의 입꼬리가 살짝 올라갔다.

"지유를 부탁드립니다."

"……!"

문태진이 눈을 크게 떴다. 하지만 이내 고개를 끄덕여 보였다.

어울림 식구들이 놀랐다. 어울림 직원들 이외에는 절대 누군가에게 부탁을 하는 성격의 현우가 아니었다. 그런데 문태진에게 송지유를 부탁하고 있었다.

현우가 이번에는 손태명을 쳐다보았다.

"다연이랑 멤버들 데리고 파티 끝까지 책임져라, 태명아."

문태진이 송지유를 데리고 파티장을 나가는 마당에 엘시와 드림걸즈 멤버들까지 파티장을 떠난다면 파티 분위기를 망칠 수도 있었다.

현우가 마지막으로 엘시를 쳐다보았다.

"다연아, 부탁한다."

"걱정 마요, 오빠."

엘시가 손가락을 들어 브이 자를 그려보았다.

현우가 씩 웃으며 파티장을 둘러보았다.

"많이들 놀라셨죠? 파티라는 게 이런 깜짝 서프라이즈도 있는 법이죠. 그럼 저는 문성훈 회장님께 소주 한잔 대접해야 하니 이만 나가보겠습니다. 여러분 모두 남은 파티도 즐겁게 즐기시길."

순식간에 상황을 정리하는 현우를 문성훈 회장이 호기심 가득한 눈빛으로 보고 있었다. 그리고 측근들에게 무언가를 속삭이기 시작했다.

"가시죠, 회장님."

"내 차로 가지."

"예."

현우가 문성훈 회장과 나란히 파티장을 벗어나기 시작했다. 파티장에 모인 셀럽들이 홍해처럼 좌우로 갈라졌다.

파티장을 벗어나기 전 손태명이 현우를 불렀다.

"김현우."

"왜?"

"헛소리하지 말고. 취하지 말고."

"오케이."

두 친구의 다정함에 사람들이 실소를 흘렸다.

*   *   *

호텔 로비의 정원에서 세 남녀가 거닐고 있었다. 가로등 아래 정원을 걷고 있는 송지유의 뒤를 문태진과 정민지가 말없이 따르고 있었다.

정처 없이 걷던 송지유를 따르던 문태진이 나지막하게 입을 열었다.

"미안하다."

"왜 그랬어요? 오늘 파티에서 있었던 일, 당신들이 원하던 거 아니었어요?"

"……"

문태진이 차마 송지유의 등을 바라보지 못하고 고개를 숙였다.

"그런데 왜 막았어요?"

"⋯⋯."

"왜 막았냐고 물었어요."

송지유는 싸늘했다.

"내 동생이니까."

"⋯⋯."

문태진의 한마디에 송지유가 그 자리에 그대로 멈추어 섰다. 송지유의 가느다란 어깨가 조금씩 떨렸다.

문태진이 손을 뻗으려 했다. 하지만 결국 손은 허공에서 갈피를 잃었다. 정민지가 더 이상 다가가지 못하는 문태진을 보며 안타까워했다.

"태진 씨."

정민지가 문태진에게 고개를 끄덕여 보였다. 문태진이 용기를 내서 턱시도 상의를 벗었다. 그리고 조심스레 송지유의 어깨에 둘러주었다.

"춥다. 진짜 감기 걸려."

송지유의 작은 어깨가 눈에 띄게 흔들렸다. 결국 송지유가 홱 몸을 돌렸다. 보석 같은 눈동자에서 눈물이 흐르고 있었다.

송지유가 문태진을 노려보았다. 원망 가득한 눈동자에 문태진의 표정이 굳었다.

"왜! 왜 이제 와서 그러는 건데요?! 내가 유명해져서요? 할리우드에서 영화 찍는다니까 그러는 건가요? 실보다 득이 많아서? 그렇겠죠. 당신들은 그런 잔인한 족속이니까. 내 말이 틀려요?"

송지유의 신랄한 비난에 문태진이 씁쓸한 얼굴로 고개를 끄덕였다.

"네 말이 맞다. 그동안 많이 힘들었을 거야. 난 다 알아."

"잘나신 재벌 2세인 그쪽이 어떻게 아는데요?"

송지유가 문태진을 비웃었다.

"좋은 집, 좋은 차, 좋은 음식, 이런 건 다 의미가 없어. 늘 여기가 텅 비어 있으면 아무런 소용도 없으니까."

문태진이 가슴에 손을 가져다 대며 말했다.

"그래도 다행이야. 네가 생각보다 행복해 보여서. 그리고 내가 너보다 불행해서. 불행한 날 보면 네 마음이 좀 풀릴 거니까 마음이 놓인다."

"······."

송지유가 고개를 들어 문태진을 쳐다보았다. 이제야 문태진이라는 사람이 제대로 보였다.

송지유의 눈동자가 심하게 흔들렸다. 문태진을 볼 때마다 느꼈던 묘한 이질감이 무엇이었는지 뒤늦게 깨달았다. 겉으로는 보이지 않는 마음의 상처들이 문태진의 전신에 난자되어 있었다.

그리고 정민지가 위태위태한 그의 손을 굳게 잡고 있는 것도 보였다. 마치 자기 자신을 보는 것 같은 모습에 송지유의 마음이 무너져 내렸다.

마음이 약해질까, 송지유가 입술을 깨물었다. 그리고 독기를 뿜어냈다.

"돌아가세요."

"지유 씨……! 제발 태진 씨를 용서해 주세요."

정민지가 쓰러지듯 무릎을 꿇으며 흐느꼈다. 송지유가 당황해하며 그녀를 일으키려 했지만, 정민지는 고개를 저었다.

"태진 씨는 늘 지유 씨를 마음 한구석에 담고 살았어요. 오랜 시간 옆에서 지켜본 내가 알아요. 항상 뒤에서 남몰래 지유 씨를 지켜보고 있었어요. 정말이에요!"

순간 송지유의 뇌리 속에서 조금씩 기억들이 되감아졌다. 할머니, 동생과 함께 어렵게 살아왔지만, 신기하게도 큰 고비 때마다 항상 그 고비가 빗겨 나가곤 했었다.

"당신!"

송지유가 문태진을 보며 소리쳤다.

"그땐 나도 힘이 없었다. 집에서 내놓은 자식이었으니까. 더 도와주지 못해서 미안하다. 지유야, 하지만 이젠 달라. 내가,

오빠가 널 지켜줄게. 내가 널 송지유로 살게 해줄게. 약속하
마."

텅 비어 있던 문태진의 눈동자에 굳은 의지가 담겨 있었다.

"……"

다리에 힘이 풀려 버린 송지유가 털썩, 정민지의 앞에 똑같
이 주저앉아 버렸다.

"……"

그런 송지유와 정민지 사이에서 문태진이 말없이 밤하늘을
올려다보고 있었다. 밤공기가 서늘했다.

*   *   *

어울림 본사 근처 삼겹살 가게, 현우와 문성훈 회장이 일대
일로 독대를 하고 있었다. 탁, 소주잔이 맞닿으며 현우와 문성
훈 회장이 동시에 잔을 비워냈다.

현우가 잔 두 개를 또 채웠다. 탁, 두 사람이 또 소주를 비
워냈다. 대화는 없었다. 근처 테이블에 자리를 잡고 있던 수행
원들이 그 모습에 안절부절 어쩔 줄을 몰라 하고 있었다.

"…회장님, 너무 무리하시는 거 아닙니까?"

결국 백발의 비서가 나서서 문성훈 회장을 말렸다. 문성훈
회장이 휙휙 손을 저었다.

"어허. 그냥 둬. 오랜만에 마시는 소주라 그런지 술 맛이 달군."

"그렇습니까?"

현우가 빙그레 웃으며 다시 잔을 채웠다. 탁, 소주잔이 단번에 비워졌다. 순식간에 소주 한 병을 모두 비웠다.

"이모!"

"아이고! 현우야, 천천히 좀 마셔라! 앞에 분은 연세도 있으신 거 같은데, 응?"

식당 이모가 현우의 등짝을 두들겨 댔다. 현우가 어깨를 으쓱했다.

"지유도 없고 이런 날 아니면 제가 언제 마음 놓고 마셔요, 이모?"

"그렇긴 하지? 기다려 봐. 내가 집에서 담근 복분자 좀 줄테니까."

"역시 우리 이모다."

"으이구! 말이나 못 하면!"

이모가 주방으로 들어가서 얼른 복분자 단지를 가져왔다.

"그, 고기들 좀 더 시켜 드세요. 제가 사는 거니까요."

현우의 말에 어색하게 고기를 굽고 있던 수행원들이 서둘러 추가 주문을 했다. 이모가 함박웃음을 머금었다.

"우리 현우 때문에 먹고산다! 호호!"

이모가 신이 나서 고기를 더 가져왔다. 삼겹살 한 점을 입으로 가져가며 문성훈 회장이 입을 열었다.

"소탈한 친구군. 국민 기획사 대표라는 친구가 평소에도 격식이라는 게 없나?"

현우가 상추쌈을 입에 넣으려다 그만두고 문성훈 회장을 쳐다보았다. 반은 칭찬이었고, 반은 질책이었다. 현우가 다시 상추쌈을 입에 넣고 우걱우걱 씹었다. 그러고는 입을 열었다.

"사람 다 똑같죠, 뭐."

"그렇게 생각하나?"

"당연한 거 아닙니까? 전 가지고 있는 것에 따라서 사람 구분 짓는 거 별로 좋아하지 않습니다. 사람은 언제 어디서 어떻게 될지 아무도 모르는 거니까요. 저도 불과 2년 전만 하더라도 평범한 취업 준비생이었습니다. CV에 입사 지원서도 넣어봤습니다. 서류 전형에서 보기 좋게 탈락을 했지만요. 회장님도 마찬가지입니다. 내일이라도 CV가 문을 닫으면 그만인 거죠."

현우의 파격적인 언사에 몇몇 비서들이 젓가락을 놓고 발끈하려 했다. 문성훈 회장이 손을 들어 그들을 제지했다.

현우가 픽 웃으며 말을 이어갔다.

"저는 그렇게 생각합니다. 외적으로 가지고 있는 것도 중요하지만 더 중요한 건 이 마음속에 무엇을 담고 있느냐 입니다."

"계속 말해보게."

"사람답게 살지 못하면 부와 명예, 인기가 다 무슨 소용이 겠습니까? 그런 의미에서 보자면 문태진 팀장님은 사람다운 분이십니다. 사람답게 살려고 노력을 하시는 분이니까요."

"나를 두고 하는 말인가?"

문성훈 회장이 나지막하게 물었다.

현우가 문성훈 회장을 똑바로 쳐다보며 입을 열었다.

"그렇게 느껴지신다면 그럴 수도 있겠군요."

"태진이한테 지유 이야기를 들었나 보군."

현우가 대답 대신 복분자가 담긴 소주잔을 비워내며 탁! 테이블 위에 내려놓았다. 그리고 또 문성훈 회장을 똑바로 쳐다 보았다.

"그렇습니다. 다 들었습니다. 그리고 죄송하지만 지유의 이름은 언급하지 말아주십시오."

"왜? 들었으면 다 알고 있을 텐데?"

"회장님은 지유의 이름을 부를 자격이 없는 사람입니다."

"하하. 그래?"

문성훈 회장이 슥 옆 테이블 쪽으로 손을 내밀었다. 백발의 비서가 서류 봉투 하나를 꺼내 테이블에 펼쳐놓았다.

사진이었다. 미국에서의 사진은 물론, 그간 현우와 송지유의 다정한 모습이 담긴 사진이 수십 장이 넘었다.

현우의 눈썹이 꿈틀거렸다. 백발의 비서가 서둘러 사진을 서류 봉투에 담았다.

"그동안 우리 그룹에서 이 사진들을 보관하고 있었네. 언론을 틀어막느라 그간 고생 좀 했지."

"……."

"국민 남매가 실은 오랫동안 연인이었다? 대중들의 배신감이 클 거야. 철저한 자네도 경솔한 부분이 있더군. 하지만 역시 내 딸은 내 딸이야. 어디서 이렇게 괜찮은 녀석을 물었는지 하하! 날 도와주게. 지유가 마음을 돌리도록 자네가 도와주면 어울림을 넘어 어쩌면 CV 그룹의 총수가 자네가 될 수도 있어. 어떤가? 내 사위가 되겠는가, 김현우 대표?"

파격적인 제안이었다.

주변에서 듣고 있던 측근들이 기함을 했다. 오늘 처음 본 자에게 장차 CV 그룹을 맡기겠노라고 공언을 한 셈이나 마찬가지였다.

어울림이 국민 기획사 불리고 있었지만, CV 그룹은 그 규모 자체가 달랐다. 대한민국 재계 서열 3위 안에 드는 초거대 미디어 재벌이었다.

"……."

반면 현우는 표정이 없었다. 놀라서가 아니었다. 자신의 야망과 욕심을 위해 딸에 이어 아들마저 버리는 문성훈 회장이라는 사람이 소름이 끼쳤기 때문이었다.

현우가 피식 웃었다. 문성훈 회장이 은은한 미소와 함께 현우에게 손을 내밀려 했다.

순간 현우의 표정이 무섭도록 일그러졌다.

"죄송하게도 저는 꼰대들한테 감시받아 가면서 용돈 받아 쓰기는 싫습니다."

현우의 돌직구에 참고 있던 측근들이 일제히 자리를 박차고 일어났다.

"…자네 뭐라고 했나?"

문성훈 회장의 표정도 싸늘해졌다.

현우가 자리를 털고 일어났다. 일그러진 표정의 현우가 무시무시한 기세를 뿜어냈다.

"지유 건드리지 마십시오. 건드리면 저 가만히 안 있습니다. 열애설? 마음대로 하십시오. 대신 약속드리죠. 저희 어울림도 이 악물고 덤빌 테니까 각오하셔야 할 겁니다. 김태식이 왜 김태식인지 똑똑히 보여 드리죠."

현우가 슈트 상의를 거칠게 집어 들고는 가게를 벗어났다.

*　　　　*　　　　*

자정 12시가 넘은 새벽, 어둠을 뚫고 세 대의 스포츠카가 어울림 별관 주차장에 연달아 들어섰다.

"……."

애마에 기대어 생각에 잠겨 있던 현우가 고개를 들었다. 가장 먼저 차에서 내린 손태명이 현우에게 뛰어왔다.

"너 뭐야? 여기에서 뭐 하고 있어? 문성훈 회장은?"

"파티는?"

대답 대신 현우가 팔짱을 풀고는 물었다. 손태명이 현우를 살폈다. 평소 장난기 가득하던 현우가 아니었다. 그 어느 때보다도 진지한 분위기였다. 사태를 직감한 손태명이 이마를 짚었다.

현우가 또 물었다.

"파티는 어떻게 됐냐니까?"

"파티는 끝났어. 그리고 너도 끝난 것 같다. 이 자식아!"

손태명이 툭, 현우의 옆구리를 쳤다. 평소 같았으면 피했을 현우가 옆구리를 부여잡으며 쓴웃음을 머금었다. 뒤따라 내린 최영진과 고석훈도 현우의 심상치 않은 분위기를 눈치챘다.

"너 진짜 사고 친 거야?"

"현우 형님?"

최영진도 손태명을 거들었다. 현우가 짧은 한숨과 함께 입을 열었다.

"어쩔 수가 없었어. 말도 안 되는 소리를 하는데, 내가 그걸 가만히 듣고 있었을 것 같아?"

"하아. S&H에 이어 이젠 CV야? CV 다음은 혹시 USA야? 미국?"

손태명의 말에 현우가 피식 웃었다. 손태명이 눈을 찌푸렸다.

"지금 웃어?"

"자세한 이야기는 사무실 가서 하자. 석훈이는 가서 술 좀 사와. 영진이 너는 정우 형님 연락해서 회사로 오시라고 해."

"실장님까지 오시라고 해요?"

최영진이 깜짝 놀라 물었다. 새벽 1시가 가까운 시간이었다. 이토록 늦은 시간에 김정우까지 부르라는 것은 사태가 생각보다 심각하다는 뜻이었다.

"겁먹지 말고, 영진아."

"제, 제가 언제요?"

현우가 최영진의 어깨를 두드리며 먼저 어울림 본사로 향했다.

*   *   *

어울림 3층 대표실, 테이블 위로 캔 맥주들과 마른안주들이 세팅되어 있었다. 그리고 어울림 4인방과 실장 김정우가 심각한 분위기 속에서 말없이 캔 맥주를 마시고 있었다.

"지유가 재벌가 딸이었다니, 그것도 하필 CV라니 믿기지가 않습니다."

최영진이 무거운 표정을 했다. 손태명이 캔 맥주를 비워내며 현우를 쳐다보았다.

"넌 언제부터 알고 있었어?"

"그동안 짐작은 하고 있었어. 하지만 확실한 이야기는 오늘 파티에서 문태진 팀장님한테 들었어."

"어디서부터 어디까지 알고 있는 건데?"

"방금 말한 게 다야. 지유랑 유라가 문성훈 회장의 딸이라는 거, 그리고 지유가 여섯 살 무렵에 집에서 쫓겨났다는 거."

"지유 어머님은요? 형님?"

"CV 그룹에서 소유하고 있던 레코드사의 소속 가수였던 모양이야. 데뷔도 전에 문성훈 회장 눈에 띄어서 지유를 낳았던 모양이고, 평범한 출신의 여자라 CV 그룹 측에서 꽁꽁 숨겼던 것 같아. 새장 속에 갇혀 살았던 거지. 그러다 유라를 낳고 얼마 안 가서 돌아가셨어."

"그리고 지유랑 유라를 버렸다? 이건 무슨 삼류 재벌 드라마도 아니고. 후우……."

손태명이 길게 한숨을 내쉬었다. 현우가 쓸쓸함을 머금었다.

"인생은 드라마니까."

"그렇죠. 현우 형님 말씀처럼 충분히 있을 법한 일이긴 해요."

최영진도 안타까워하며 현우를 거들었다.

"숨기고 싶었던 사생아 딸이 국민적 스타가 되어버렸어. 더군다나 할리우드 진출까지 이루어냈고. 그 시점에서 지유는 더 이상 숨기고 싶은 치부가 아니게 되어버린 거지. 하지만 문성훈 회장과 다르게 문태진 기획팀장은 그걸 막고 싶은 거야. 지유가 지금처럼 송지유로 살도록 말이야."

"역시 좋은 분이셨네요."

최영진의 눈동자가 붉어져 있었다. 사생아인 이복 여동생을 지키기 위해 집안과 맞서고 있는 재벌 후계자라니, 생각만 해도 가슴이 아릿했다.

"우리도 문태진 형님을 도와야 하는 거 아니에요? 현우 형님?"

"파티장에서 이미 같은 배를 탄 셈이지. 잊었어?"

현우가 씩 웃으며 대답했다.

"CV 그룹을 물려주겠다는 말에 흔들리지는 않았냐?"

손태명이 캔 맥주를 따서 현우에게 건넸다. 현우가 캔 맥주를 건네받으며 생각에 잠겼다. 솔직히 조금은 마음이 흔들릴 정도로 엄청난 제안이었다. CV는 대한민국 미디어를 쥐고 있는 그룹이었다.

어울림이 국민 기획사이긴 했지만, CV는 재벌 그룹이다. 그 규모 자체가 달랐다.

현우가 캔 맥주를 한 모금 마셨다.

"난 우리 식구들이랑 땀으로 일궈낸 어울림이 더 소중해. 죄 없는 사람들의 피눈물로 만들어진 회사 따위는 관심 없다. 그리고 CV? 내가 죽기 전에 충분히 뛰어넘을 수 있어."

현우의 패기에 가만히 듣고만 있던 김정우가 빙그레 웃었다.

"현우 씨는 올바른 선택을 하신 겁니다. 어울림 대표로서도, 또 한 명의 인간으로서도 말입니다. 그리고 CV 측에서도 함부로 이 일을 언론에 터뜨리지는 못할 겁니다. 어쨌든 CV 그룹의 치부니까요. 대중들은 바보가 아닙니다. 잘못이 있는 쪽은 CV입니다. 결국 칼자루를 쥐고 있는 건 지유 씨입니다."

"그렇죠. 자신이 있었으면 현우 이 녀석한테 CV 그룹을 물려주겠노라는 정치는 하지 않았을 겁니다."

손태명도 김정우와 같은 생각을 하고 있었다.

칼자루를 쥐고 있는 건 결국 송지유다. 어울림이나 송지유가 상처를 입을 것을 각오하고 CV와 대립을 한다면 잃을 것이 더 많을 곳은 CV 쪽이었다.

"어떻게든 지유의 마음을 돌리려고 해볼 거야. 그러니까 너를 회유하려고도 했겠지. 지유 마음을 돌릴 수 있는 가장 유력한 사람은 너니까."

"그렇겠지."

현우가 손태명의 말에 공감을 했다.

"아뇨. 그럴 일은 절대 없어요."

송지유의 목소리에 다들 깜짝 놀라, 대표실 문 쪽을 바라보았다. 새빨간 레드 드레스 차림의 송지유가 우두커니 서 있었다.

"그, 그게."

최영진이 급히 캔 맥주들을 숨기려 했다. 하지만 송지유가 더 빨랐다. 현우 옆으로 털썩, 주저앉아 캔 맥주를 따버렸다.

"지유야?"

"오늘은 나도 마실래요."

최영진의 만류에도 송지유가 캔 맥주를 한 모금 마셨다. 그리곤 쓸쓸한 미소를 머금었다. 생전 처음 보는 송지유의 모습에 현우는 물론이고 모두가 침묵했다.

"어렸을 적에는 말예요. 늘 술에 취해 있는 엄마가 너무 미웠어요. 항상 '미안해, 미안해, 지유야 미안해' 지긋지긋하고 싫었어요. 그런데 지금은 엄마 마음을 알 것 같아요. 취하지 않고서는 견딜 수가 없었던 거예요. 술이라는 거 꼭 나쁜 것만은 아니네요. 다 잊게 해주니까."

"……."

현우는 말없이 송지유를 쳐다만 보았다. 술이라면 치를 떠는 송지유가 제법 취해 있었다. 무엇보다 위태위태해 보였다.

"미안해요. 나 때문에."

송지유가 작게 속삭였다.

"엄마는 가수가 꿈이었어요. 그런데 그 사람이 다 망쳤어요. 가수로 성공해서 그 사람 앞에서 증명하고 싶었어요. 당신이 버렸던 여자의 딸이 가수로 성공했다고. 그래서 그 사람을 후회하게 만들고 싶었어요. 그런데 내 착각이었어요. 애초에 그 사람은 후회란 게 없는 사람이에요. 이제 어떻게 하죠? 어떻게든, 무슨 수를 써서라도 우리 어울림을 가만두지 않으려 할 거예요."

"지유야, 그럴 일은 없어."

현우는 단호했다. 송지유가 쓸쓸히 고개를 저었다.

"아뇨. 난 그 사람을 잘 알아요. 어렸지만 아직도 기억해요. 그 사람만큼 잔인한 사람은 없어요. 차라리 내가 사라지는 편이 나을 거예요. 우리 어울림 식구들한테까지 피해를 주기는 싫어요."

"송지유!"

결국 현우가 자리를 박차고 일어났다. 현우의 표정이 굳어 있었다. 손태명이 그런 현우의 팔을 잡았지만 소용이 없었다.

"약한 소리 하지 마! 나도 그렇고 다들 여기 술이나 마시자고 모인 줄 알아? 아니! 다들 널 위해 여기 모였다고! 미안해할 것 없어. 우리가 여기까지 올 수 있었던 건 지유 네가 있었기 때문이야. 안 그래, 태명아?"

"현우 말이 맞지. 현우도 현우지만 지유 네가 아니었으면 지금의 어울림도 없어."

"나도 그렇게 생각해. 지유 네가 현우 형님한테 나도 어울림으로 데려가자고 했다며? 나 다 알고 있어."

최영진도 현우와 손태명을 도왔다.

"정 안 되면 제가 가스통이라도 매달고 가겠습니다."

평소 농담이라곤 전혀 할 줄 모르는 고석훈까지 나섰다. 고석훈의 농담에 송지유가 작은 웃음을 터뜨리고 말았다.

"그리고 이미 돌이킬 수도 없어."

현우의 말에 손태명이 한숨을 내쉬었다. 사정을 모르는 송지유가 현우를 빤히 쳐다보았다. 현우가 볼을 긁적였다.

송지유가 눈을 찌푸렸다. 설명이 너무 추상적이었다. 현우가 손태명의 눈치를 보며 다시 말을 꺼냈다.

"이미 문성훈 회장이랑 한판 뜨고 오는 길이야."

"김현우가 김태식 했다고, 지유야."

손태명이 설명을 거들었다. 순간 송지유의 표정이 굳어버렸다.

"오빠!"

"그러니까 너도 마음 굳세게 먹어. 나도 태명이도 정우 형님도 다들 든든한 네 방패막이가 되어줄 거니까. 그렇지? 영진아?"

"당연하죠!"

"……"

고석훈도 묵묵히 고개를 끄덕였다.

"어쩌면 앞으로 여러모로 재밌어지겠는데?"

분위기를 전환시키려 손태명이 애써 농담을 던졌다.

"그렇겠지."

현우가 피식 웃으며 말했다. 하지만 눈은 웃지 않고 있었다.

*   *   *

정확히 이틀 후부터 현우와 손태명의 우려는 현실로 다가왔다. 증권가를 시작으로 찌라시가 돌기 시작한 것이었다.

[대한민국 최고 탑스타 S양, 알고 보니 재벌가 사생아였다?]

[재계 수 위에 드는 거대 재벌 그룹에 숨겨진 딸이 존재했다!]

[재벌가 사생아 S양! 신분 숨기고 연예계 활동! 얼마 전 열

렸던 파티에 친부와 마주쳤다는 소문이 재벌가 사이에서 나돌아!]

[숨겨진 사생아 설 탑스타 S양, 재벌 2세 신분과 더불어 기획사 대표와의 열애설도 점화! 국민적 대형 스캔들로 번지나?]

증권가 찌라시는 빠른 속도로 퍼져 나가기 시작했다. 각종 커뮤니티마다 소문의 사생아가 송지유가 아니냐는 소문이 돌고 있었다.

―헐? S양 송지유 아님? ㄷㄷ

―대한민국 최고 탑스타 S양. 응. 송지유;

―아는 언니 천만 기념 파티에 송지유 참석했었잖아? 거기 문 회장도 참석했었다고 기사 뜸. 딱 송지유네; 송지유;

―송지유가 그러면 CV 그룹 딸임? 와? 그럼 그동안 서민 코스프레한 거?

―어울림도 송지유 때문에 특혜 받았다는 소문도 돌고 있음. 난리 났음 지금.

―송지유랑 김현우 대표네. 근데 그동안 둘이 사귄 거라고? 국민 남매라면서? 온 국민을 속였네?

―증권가 찌라시가 사실이면 진짜 배신감; 어휴.

―설마 사실이겠어? 난 증권가 찌라시 안 믿음!

탁! 거칠게 노트북 뚜껑을 덮었다. 그러고는 현우가 넥타이를 풀어헤쳤다. 예상대로였다. CV와 문성훈 회장이 현우와 송지유, 그리고 어울림을 압박하고 있었다.

현우가 조용히 두 눈을 감은 채로 생각에 잠겼다. 얼마나 시간이 흘렀을까. 현우가 조용히 두 눈을 떴다. 그리고 회사 전화기를 들었다.

"태명아, 들어와."

회사 전화기를 내려놓자마자 밖에서 업무를 보고 있던 손태명이 대표실로 들어왔다.

"증권가 찌라시 봤지?"

"봤지. 가만히 둘 거야?"

"가만히 두지 않으면? 기사도 아닌 소문을 우리가 어떻게 막아?"

"……."

현우의 말에 손태명도 할 말이 없었다. 정식 기사도 아니고 '카더라'라는 소문이었다. 여기서 나섰다가는 더 오해를 부를 뿐이었다.

"태명아, 어울림 식구들 전부 회사로 모이라고 해줘."

"너, 설마?"

손태명이 눈을 크게 떴다. 현우가 고개를 끄덕거렸다.

"이번 한 번만 내 뜻대로 해줘, 태명아."

"……."

손태명은 우두커니 서서 대답이 없었다. 그러다 손태명이 질끈 두 눈을 감았다.

"알았다."

＊　　　＊　　　＊

대표실에 어울림 식구들이 모두 모여 있었다. 증권가 찌라시가 대대적으로 돌고 있었기 때문에 분위기는 무거웠다.

현우가 대표실 의자에 앉으며, 송지유와 어울림 식구들을 둘러보았다.

"다들 알다시피 오늘 큰 사건이 터졌어. 지금 이 사태를 되돌리지 못한다면 우리 어울림에 미래는 없다고 생각해. 그리고 무엇보다 문성훈 회장한테 끌려다닐 생각은 절대 없어. 그렇지, 지유야?"

"네. 싫어요."

송지유가 차가운 얼굴로 대답을 했다. 현우가 잠시 생각에 잠겼다.

"언제, 어디서, 어떻게, 터질지 모르는 시한폭탄을 껴안고 가만히 앉아 있을 수는 없어. 나 김태식이야. 죄를 지었으면 벌도 달게 받는다. 그게 누구든 말이야. 나라고 해도 상관없어. 모든 책임은 내가 질 거야."

"현우 형님! 안 됩니다!"

최영진이 벌게진 얼굴로 소리를 쳤다. 대충 현우의 의도를 알아챘기 때문이었다. 현우가 그런 최영진을 정면으로 쳐다보았다.

"영진아."

"현우 형님! 고석훈! 너는 뭐 하고 있어?!"

"……"

최영진의 외침에도 고석훈은 고개를 숙인 채 대답이 없었다.

"정우 형님! 뭐라고 말 좀 해보시라고요! 네?!"

"……"

김정우 역시 차마 말을 잇지 못하고 있었다. 이성적으로 현우의 판단이 가장 확실하고 깨끗했기 때문이다.

현우가 송지유를 똑바로 응시했다.

"지유야, 감당할 수 있지?"

"할 수 있어요. 하지만 오빠는 잘못이 없어요."

"아니. 어차피 너와 함께 이룬 것들이야. 큰 미련 없어. 그리고 내가 아니더라도 태명이도 있고, 정우 형님도 있고, 영진이도 있잖아. 석훈이도 있고."

잠시 말을 끊고는 현우가 엘시를 쳐다보았다.

"또 이다연 실장도 있는데 뭐."

"……"

엘시가 입술을 질끈 깨물고는 대답을 하지 않았다. 그러다 결국 엘시가 주르륵, 눈물을 흘렸다. 엘시를 시작으로 드림걸 즈 멤버들과 i2i 멤버들이 단체로 울음을 터뜨리기 시작했다.

"삼촌? 왜 그래? 무슨 일인데?"

신지혜도 눈물을 글썽이며 묻고 있었다. 현우가 신지혜를 보며 빙긋 웃었다.

"별일 아냐. 나중에 지혜가 더 크면 그때 말을 해줄게."

"삼촌?"

"태명아, 준비해라."

현우의 말에 손태명이 아무 말 없이 고개를 끄덕였다.

＊　　　＊　　　＊

[어울림 엔터테인먼트 증권가 찌라시에 정면 돌파 한다!]

[어울림 엔터테인먼트 김현우 대표, 송지유, 오늘 오후 1시 기자회견에서 루머 밝힌다!]

[김현우 대표와 송지유의 루머 속 시원히 모두 밝히나?!]

다음 날 아침, 어울림 엔터테인먼트에서 대대적으로 기사를 내보냈다. 기사는 포털 사이트를 시작으로 빠르게 퍼져 나갔다.

기자회견이 예정되어 있었음에도 어울림 본사 1층 카페는 조용했다. 다들 묵묵히 할 일들을 하고 있을 뿐 말이 없었다.

"현우는?"

손태명이 최영진에게 물었다. 침울한 표정의 최영진이 카페 창문 밖을 가리켰다. 어울림 신사옥이 건설되고 있는 부지 앞에 현우가 서 있는 것이 보였다.

손태명이 카페에서 나가 조용히 현우의 곁에 다가섰다. 인기척에 현우가 고개를 슬쩍, 돌렸다. 손태명이 먼저 입을 열었다.

"기자회견 준비는 다 끝났다."

"오케이. 새벽부터 고생했다."

현우의 시선이 다시 신사옥 부지에 향했다. 손태명의 시선도 신사옥 부지로 향했다. 중장비들과 함께 수많은 건설 인력이 땀을 흘리고 있었다.

"태명아, 2년이라고 했었나? 완공까지?"

"그랬지."

"호사다마라는 속담이 떠오르네. 갑자기."

현우가 쓰디쓴 웃음을 머금었다. 손태명이 그런 현우의 어깨를 툭, 쳤다.

"불안하게 헛소리하지 마라. 평소처럼 김태식이 김태식 해 야지."

"그래야지. 지유는?"

"은정이랑 숍에 있을 거야. 문태진 팀장은?"

"중간에서 입장이 곤란할 거야. 그래서 일부러 연락 안 했 다."

"하긴."

손태명이 고개를 끄덕거렸다. 어쨌든 문태진은 CV 그룹의 후계자였다. 오늘 있을 기자회견이 달갑지 않을 수도 있었다.

"음? 호랑이도 제 말 하면 온다더니 오셨네."

손태명이 손을 들어 어울림 별관 쪽을 가리켰다. 고급 하얀 색 SUV가 빠른 속도로 들어서고 있었다.

차에서 내린 문태진이 급히 현우와 손태명에게로 달려왔다.

"현우 씨! 어떻게 된 일입니까?!"

문태진의 표정이 상기되어 있었다. 반면, 현우는 태연했다. 아무렇지도 않아 보이는 그 모습에 문태진의 눈동자가 흔들렸 다.

"현우 씨, 기자회견 취소하십시오."

"아뇨. 이미 기사도 나갔습니다. 그리고 문성훈 회장님한테 끌려다닐 생각은 애초에 없었습니다. 또한 이게 제 방법이기도 합니다."

"하지만! 그렇게 되면 현우 씨랑 지유도 다칠 겁니다! 제가 아버지를 막아보겠습니다!"

현우가 고개를 저었다.

"현우 씨!"

"어떻게 막으실 겁니까? 부자 간에 패륜이라도 저지를 생각이십니까? 지금까지 문 팀장님은 최선을 다하셨습니다. 저도 알고 지유도 알고 있습니다. 그러니까 이제는 제가 나설 차례입니다."

현우가 문태진을 지긋이 쳐다보며 말했다.

"……"

현우의 굳은 결심에 문태진도 더 이상은 할 말이 없었다.

또각또각. 구두 소리에 문태진이 고개를 돌렸다. 송지유였다. 차분한 검은색 계열의 투피스 차림을 한 송지유가 다소곳하게 서 있었다.

문태진을 담고 있는 송지유의 눈동자에는 원망과 증오 대신 안쓰러움이 깃들어 있었다. 송지유가 문태진의 소매를 붙잡았다.

"태진 오빠, 괜찮아요."

"미안하다."

"아니에요. 내가 더 미안해요. 그리고 그동안 고마웠어요."

"……."

두 이복 남매가 서로를 바라보았다. 그날 밤 호텔 정원에서 서로를 마주한 후, 묘한 동질감을 느끼고 있는 송지유와 문태진이었다.

문태진이 두 주먹을 굳게 쥐었다. 변변한 힘 하나 없는 허울뿐인 후계자인 자신이 지금 이 순간만큼은 죽도록 싫었다.

"가자, 지유야."

"네."

현우와 송지유가 어울림 본사로 걸음을 옮겼다. 손태명이 그 뒤를 따랐다.

"……."

문태진이 멍하니 서서 멀어지는 송지유의 뒷모습을 지켜만 보고 있었다.

*   *   *

어울림 본사 1층 카페에 기자들이 몰려와 있었다. 'Galaxy Wars' 여주인공 캐스팅 기자회견 이후 채 한 달도 되지 않아 다시 벌어진 기자회견이었다.

게다가 증권가 찌라시로 인한 기자회견이었기에 분위기가 더욱 어수선했다. 손태명과 최영진, 고석훈이 등장을 하자 플래시 세례가 쏟아졌다.

손태명이 마이크를 위로 들고는 입을 열었다.

"어울림 엔터테인먼트 실장 손태명입니다. 곧 정식으로 입장 발표가 있을 겁니다."

"증권가 소문은 사실입니까?!"

그새를 참지 못하고 어느 기자 한 명이 물어왔지만, 손태명은 대답 없이 자리에서 일어났다.

최영진과 고석훈에게도 질문이 쏟아졌다. 하지만 어울림 F4 중 그 누구 하나 쉬이 입을 열지 않았다. 그저 묵묵히 현우와 송지유를 기다릴 뿐이었다.

자연스레 기자들의 시선이 시계로 향했다. 낮 12시 58분, 시간이 더디게만 흘러갔다. 어울림 본사 1층 카페뿐만 아니라 온라인상에서도 긴장감이 감돌고 있었다.

어울림 홈페이지를 통해 기자회견이 생중계로 나가고 있었기 때문이다.

─루머가 사실일까? 괜히 떨리네;

─기자회견까지 여는 거 보면 어느 정도는. 음…….

─만약 찌라시가 사실이면 ㄹㅇ 역대급 충격이긴 하지.

─나온다! 김태식이랑 송지유 나온다! 헐?!

1시 정각, 온라인뿐만 아니라 어울림 본사 1층 카페가 일순간 침묵으로 물들었다. 현우와 송지유가 나란히 등장을 했기 때문이었다.

"……."

"……."

현우와 송지유가 나란히 착석을 했다. 기자들이 일제히 플래시를 터뜨렸다. 그리고 앞다투어 질문들을 쏟아내기 시작했다.

"두 분의 열애설은 사실입니까?!"

"송지유 씨가 CV E&M의 숨겨진 딸이라는 말이 진실입니까!?"

"그동안 신분을 숨기고 연예계 활동을 했다는 소문도 있는데요! 확인 부탁드리겠습니다!"

"어울림 엔터테인먼트의 급격한 성장 배경에 CV 그룹 내의 지원이 있었다는 게 사실입니까?!"

현우가 가만히 손을 들어 보였다. 현우의 포스에 기자회견장이 고요해졌다. 현우가 마이크를 가까이했다. 그러고는 한 번 숨을 고른 후 입을 열었다.

"어울림 엔터테인먼트 대표 김현우입니다. 기자분들과 국민 여러분들이 궁금해하시는 모든 것을 오늘 기자회견에서 다 밝히겠습니다. 그러니까 한 분씩 천천히 질문을 해주시면 좋겠습니다."

현우가 말을 마치자 기자들이 서로 눈치를 봤다. 그러다 스포츠 매거진의 기자 한 명이 손을 들었다.

"증권가 찌라시가 대대적으로 돌고 있는 상황인데요. 그렇다면 급작스럽게 기자 회견을 여신 배경에 증권가 찌라시가 작용을 한겁니까?"

"그렇습니다."

"그럼 본격적으로 질문을 하겠습니다. 김현우 대표님과 송지유 양의 열애설은 사실입니까?"

현우가 일말의 망설임도 없이 고개를 끄덕였다.

"네. 사실입니다."

단 한마디에 기자회견장이 얼어붙었다. 온라인으로 기자회견을 지켜보고 있던 팬들과 대중들도 충격에 빠져 버렸다. 채팅이 수없이 올라오고 있었다.

"언제부터 연인 사이로 발전하신 겁니까? 그리고 대중들을 속인 이유는 뭡니까?"

"작년 크리스마스 자선 콘서트 이후 어울림 연말 여행에서 서로의 마음을 확인했습니다. 그리고 지유와의 만남을 팬 여러분들에게 미처 말씀드리지 못한 것은 사과를 드리겠습니다."

"죄송합니다."

현우와 송지유가 꾸벅, 고개를 숙여 보였다. 현우의 말이 계속해서 이어졌다.

"그동안 많은 팬 여러분께서 저와 지유를 국민 남매로 불러주시고 큰 사랑을 보내주셨던 점, 잘 알고 있습니다. 팬 여러분들께서 느끼셨을 배신감도 충분히 고려하고 있습니다. 어떤 꾸중과 질타도 달게 듣겠습니다."

현우가 다시 한번 자리에서 일어나 정식으로 고개를 숙여 보였다. 송지유가 그런 현우를 안타까운 눈동자로 쳐다보았다.

그리고 송지유도 입술을 떼었다.

"현우 오빠는 잘못이 없어요. 잘못은 저에게 있어요. 제가 먼저 오빠를 좋아했어요. 그리고 졸랐어요. 공과 사를 구분하지 못한 건 저예요. 어려서부터 늘 혼자인 저에게도 처음으로 저만의 사람이 생겼던 거였으니까요. 그래서 욕심이 났어요. 현우 오빠를 놓치고 싶지 않았습니다."

송지유의 눈동자에 서서히 눈물 방울이 고였다.

"……"

"……"

차갑기만 한 줄 알았던 송지유의 약한 모습에 일부 기자들도 안타까움을 숨기지 못하고 있었다. 어떻게 보면 단순한 선남선녀의 만남일 뿐이었다. 다만 그 대상이 수많은 대중들의 사랑을 독차지하고 있는 탑스타였기 때문이 논란이 생기는 것뿐이었다.

현우가 조용히 송지유의 손을 잡아주었다. 그러고는 기자들을 쳐다보았다.

"저도 고민을 많이 했습니다. 어쨌든 표면적으로는 기획사 대표와 소속 연예인과의 스캔들이니까요. 하지만 절대 가벼운 마음으로 지유를 만나고 있는 건 아닙니다. 끝까지 책임을 지겠습니다."

현우가 진심을 담아 입장을 밝혔다. 끝까지 책임을 지겠다는 말에 기자들이 크게 놀란 상태였다. 온라인도 현우의 발언에 폭발을 한 상태였다.

현우가 놀라고 있는 기자들을 정면으로 주시했다. 이제 가장 중요한 사안이 남아 있었다. 송지유가 현우의 손을 더욱 굳게 쥐었다.

"그리고 CV 그룹과 지유와의 관계에 대해서도 말씀을 드리겠습니다. 소문은 사실입니다. 지유는 CV 그룹 문성훈 회장의 딸이 맞습니다."

현우의 발언에 기자회견장에 찬물이 끼얹어졌다. 기자들이 플래시를 터뜨릴 생각도 하지 못하고 있었다. 그만큼 현우의 발언은 대단히 충격적이었다.

현우가 송지유를 쳐다보았다. 송지유가 고개를 끄덕이며 기자들을 쳐다보았다.

"제가 가수가 되고 싶었던 이유는 저희 어머니의 꿈 때문이었어요. 어머니는 가수가 꿈이셨거든요. 하지만 문성훈 회장, 그 사람이 저희 어머니를 망쳤어요. 그리고 어머니가 돌아가시자 저와 동생 유라를 버렸어요. 그래서 할머니가 지금까지 저를 키워주신 거예요. 전 보여주고 싶었어요. 당신이 버린 여자의 딸이 가수로 성공한 모습을요. 그리고 후회하게 만들고 싶었어요. 시간이 흘러 저는 기념 파티에서 그 사람을 만났어요. 저를 버린 아버지를요. 그 사람은 제가 돌아오길 원하지만 저는 절대 돌아갈 생각이 없어요."

"그렇다면 송지유가 아니라 문지유가 맞습니까?!"

"아뇨. 저는 전에도 그랬고 앞으로도 영원히 송지유로 살 생각이에요."

"수십 년 동안 버려 둔 딸을 이제야 인정하는 이유가 뭐라고 생각하십니까?"

"더 이상은 사생아가 아니니까요."

일부 기자들이 송지유의 말뜻을 이해하지 못했다. 결국 현우가 입을 열었다.

"숨기고 싶었던 사생아가 국민적 스타를 넘어 할리우드까지 진출했습니다. 이러한 시점에서 이유는 뻔한 것 아니겠습니까?"

현우의 말에 기자들이 탄식을 했다. 동물의 세계보다도 비정한 재벌가의 잔혹한 일면이 여과 없이 드러나는 순간이었다.

현우가 마치 문성훈 회장을 노려보듯 카메라들을 노려보았다.

"문성훈 회장님, 증권가 찌라시까지 동원을 하면서 압박을 하면 저희 어울림이 순순히 고개를 숙일 줄 아셨습니까? 아뇨. 그럴 일은 절대 없습니다. 죄를 지었으면 벌을 달게 받는 게 세상 이치입니다. 저도 벌을 받을 테니 그쪽도 벌 좀 크게 받읍시다."

잠시 숨을 고른 후 현우가 기자들을 쳐다보며 다시 입술을 떼었다.

"그동안 지유와의 만남을 숨겨왔던 죄, 어영부영 넘어갈 생각은 절대 없습니다. 오늘부로 저 김현우는 어울림 대표직에서 물러나겠습니다. 앞으로 회사 운영은 손태명 실장이 맡을 겁니다. 모든 책임은 제가 질 테니 저희 어울림 식구들에게는 변함없는 사랑을 부탁드리겠습니다."

현우가 자리에서 일어나 꾸벅, 사죄를 했다. 그 모습에 기자들이 충격을 넘어 숙연해졌다.

*   *   *

[속보! 어울림 엔터테인먼트 김현우 대표! 대표 자리에서 물러난다!]

[김현우 대표와 국민 소녀 송지유의 열애설은 사실이었다! 김현우 대표 모든 책임을 지고 물러나겠다, 밝혀!]

[송지유, CV 그룹 문성훈 회장의 친딸로 밝혀져! 충격! 송지유는 재벌가에서 버려진 딸이었다?!]

[어울림 엔터테인먼트 위기 맞나? 손태명 실장 체제로 전환! 향후 계획은?]

현우와 송지유의 기자회견이 몰고 온 후폭풍은 그 어느 때보다도 강력했다. 포털 사이트에 올라온 기사들과 여러 많은 커뮤니티에서 뜨거운 논쟁이 펼쳐지고 있었다. 벌써 며칠째 똑같은 기사들이 헤드라인에서 내려올 줄을 모르고 있었다.

—그동안 속였다고? 진짜 실망이다. 어울림은 굳게 믿었는데. ㅠㅠ

—국민 남매라며? 언제는? ㅉㅉ

—이래서 연예계 사람들은 믿으면 안 되는 거! ㅇㅋ?

—어울림 잘나가다 훅 가네? ㅋㅋㅋ

—송지유도 재벌가 자식이었군. CV 그룹에서 몰래 밀어준 거

아님? ㅋ

─CV가 뭘 밀어줘? 버렸다는데; 그건 아니지. 어쨌든 CV도 이미지 훅 감.

─김태식 진짜 무섭다. 그냥 다 같이 자폭해 버리다니; 후우.

─진짜 대표에서 물러나는 거야? 혹시 쇼임?

─CV 주가 내려가는 거 봐. 그냥 폭락 ㅋㅋ

─어울림 이제 어떻게 하냐? 그동안 너무 잘나갔는데?

탁, 현우가 노트북을 덮었다. 생각보다 여론이 좋지 못했다. 국민 기획사라 불리며 큰 사랑을 받고 있는 어울림이었고, 또 현우와 송지유였다.

많은 사람들이 애정을 퍼부었던 만큼 비난의 무게도 무거웠다. 온 사방이 어울림과 송지유를 향한 비난과 조롱 일색이었다.

"……."

그래서인지 현우의 마음은 더욱 무거웠다. 현우가 대표실 의자 뒤로 기대어 가만히 두 눈을 감았다.

대표실 문이 열리고 손태명과 최영진이 들어왔다. 손태명과 최영진의 표정이 동시에 굳어버렸다. 현우가 벌써 책상 명패 등 짐들을 박스에 정리해 놓았기 때문이었다.

"뭐가 그렇게 급해? 너 대표 자리 물러나려고 안달 난 놈

같아 보인다."

"그럴 수도."

"야! 김현우!"

손태명이 버럭, 소리를 질렀다.

"너까지 화내면 나 못 견딘다, 손태명."

현우가 두 눈을 뜨며 손태명을 쳐다보았다. 가만히 서 있던 최영진이 결국 입을 열었다.

"이게 지금 말이 되는 거예요? 현우 형님이, 그리고 지유랑 우리 어울림이 그동안 해왔던 일들은 다 어디 갔는데요? 지금까지 누구보다 잘해왔는데! 어느 기획사가, 어느 누가 이렇게 해올 수 있었냐고요! 그런데 딱 한 번 잘못했다고 이렇게까지 해요?!"

"영진아."

현우가 조용히 최영진을 타일렀지만, 소용이 없었다. 최영진이 계속해서 울분을 토해냈다.

"형님이랑 지유가 몰래 만난 거 빼곤 무슨 잘못이 있는 건데요? 지유가 재벌 사생아인 게 그렇게 잘못이에요? 욕먹을 일이에요? 현우 형님이 문성훈 회장 제안을 거절한 게 잘못이에요? 예?! 이래서 국민들 보고 개돼지라고 하는 거라니까요?!"

"영진아!"

결국 현우가 폭발을 했다. 현우가 최영진의 멱살을 잡았다.

"그만해! 나도 간신히 참고 있으니까."

"형님!"

최영진이 결국 눈물을 터뜨렸다. 현우가 잡고 있던 최영진의 멱살을 내려놓았다. 어느새 대표실엔 어울림 임직원들이 모두 모여 있었다.

유선미와 이혜은이 눈물을 훌쩍이고 있었다.

"울지들 마요. 시간이 해결을 해줄 겁니다, 시간이."

그렇게 말하고는 현우가 슈트 상의를 챙겼다.

*   *   *

검은색 무광 스포츠카가 저녁노을을 뚫고 빠른 속도로 달리고 있었다. 운전대를 잡은 현우의 표정이 그리 좋지 못했다. 송지유가 며칠째 집에서 나오지 않고 있었기 때문이다.

연락도 어젯밤 이후로 두절이 된 상황이었다.

스포츠카가 마포의 아파트 단지로 들어섰다. 빠르게 주차를 한 다음 현우가 송지유의 집 앞에 당도했다.

벨을 누르자 문이 열리며 익숙한 얼굴이 보였다. 송유라였다. 송유라가 현우의 얼굴을 확인하자마자 와락 품으로 안겨 들었다.

"유라야? 무슨 일인데?"

"방금 학교를 다녀왔는데! 다녀왔는데!"

송유라가 흐느꼈다. 현우의 표정이 굳어버렸다. 현우가 급히 송지유의 방으로 향했다. 방문을 열자 어딘지 모르게 방 안이 텅 비어 있는 것 같았다.

그리고 화장대 거울에 메모지 한 장이 달랑 붙어 있었다. 현우가 서둘러 메모지를 떼어냈다.

[할머니, 유라야, 미안해. 곧 돌아올게.]

*   *   *

부아앙! 검은색 무광 스포츠카가 무서울 만큼 빠른 속도로 도로를 질주하고 있었다. 운전대를 잡고 있는 현우의 표정이 심각했다. 이어폰을 끼고 난 다음 현우가 급히 전화를 걸었다.

"은정아, 나야."

―오빠? 이 늦은 시간에 무슨 일로 전화를 다 했어요?

"지유랑 같이 있어? 혹시?"

―아니요, 왜요?

현우의 목소리가 심상치 않음을 느낀 김은정이 급히 물었다. 현우가 길게 한숨을 내쉬었다. 기대가 무너졌다. 가장 친한 친구인 김은정이었지만 함께 있는 건 아니었다.

"지유가 사라졌어."

—네에?! 지유가 사라져요? 자세하게 이야기해 봐요, 얼른요!

"연락이 안 돼서 집으로 가봤더니 유라가 울고 있더라고, 메모지 한 장 달랑 남기고 사라졌어."

—미치겠네? 오빠! 어떻게 해요?

김은정의 목소리가 떨리고 있었다.

"일단 너도 회사로 와."

—알았어요!

툭, 전화를 끊자마자 현우는 급히 또 전화를 걸었다.

—헬로? 여보세요?

"다연아, 나야."

—오빠, 혹시 지유한테 무슨 일 있어요?

역시 눈치 백단 엘시다웠다. 좀처럼 늦은 시간에는 연락을 하지 않는 게 현우였다. 그런데 새벽 1시가 넘어서 연락이 왔다.

"후우… 지유가 사라졌다."

—네?! 확실해요?!

"응. 은정이한테도 연락해 봤는데, 전혀 모르고 있더라."

—다른 친구들은요? 연락해 봤어요?

"지유 친구는 은정이랑 어울림 식구들이 다야."

—오빠, 일단 우리 멤버들 다 모을게요. 회사로 가면 되죠?

"응. 수고 좀 해줘."

—운전 조심히 해요. 과속하지 말고요.

"그래. 후우……."

—한숨 쉬지 말아요. 지유, 경솔한 애는 절대 아니니까요. 사고는 안 칠 거예요. 내가 경험자잖아요, 네?

"그래."

현우가 너털웃음을 흘렸다. 생각해 보니 엘시도 잠적을 했던 경험이 있었다. 엘시의 위로에 현우가 마음을 놓았다.

툭, 이내 전화가 끊겼다. 부아앙! 검은색 무광 스포츠카가 빠르게 연남동 어울림 본사로 향했다.

*　　　*　　　*

어울림 3층 대표실에 현우와 어울림 임직원들, 그리고 신현우와 서유희, 드림걸즈 멤버들이 모여 있었다. 일본에서 활동 중인 i2i 멤버들을 제외하면 이 늦은 새벽에 모일 수 있는 어울림 식구들이 모두 모인 것이다.

다들 표정이 좋지 못했다. 현우가 먼저 입을 열었다.

"유나 씨, 지유가 전화 안 받아요?"

"네, 대표님."

유나가 눈물을 글썽거리고 있었다. 동갑내기로 송지유와 유독 친한 게 유나였다.

"유희는?"

"제 전화도 안 받아요."

서유희도 한숨을 내쉬었다.

현우가 팔짱을 꼈다. 생각보다 상황이 복잡해졌다. 만약 이 사실이 언론에 알려지기라도 한다면 대형 사건으로 번질 수가 있었다.

"영진아, 지유 스케줄 잡힌 거 있나?"

"아뇨. 다행히 앨범 작업 미팅 빼곤 하나도 없어요."

"스케줄이 없다고 해도 잠적이 길어지면 알려질 수밖에 없어. 기자들이 냄새를 맡을 거라고. 만약 지유가 사라진 사실이 알려지면 그때는 정말 걷잡을 수가 없어져."

손태명의 말에 모두가 공감을 했다. 며칠 전에 있었던 기자 회견 이후, 언론과 대중들의 비난이 어울림과 송지유에게 쏟아지고 있는 실정이었다. 여기서 송지유가 잠적을 한 게 알려지기라도 한다면 불난 집에 기름을 붓는 꼴이었다.

현우가 다시 입을 열었다.

"둘 중에 하나야. 기자들이 눈치를 채기 전에 지유가 돌아오거나, 아니면 우리가 찾거나."

"짐작되는 곳은 있어?"

"짐작되는 곳이 있긴 있지."

손태명을 보며 현우가 대답했다. 어울림 식구들의 표정이
그나마 밝아졌다. 눈물을 글썽이고 있던 유나가 얼른 말을 꺼
냈다.

"대표님! 그럼 데리러 가요! 네? 다연 언니도 우리가 가서 데
리고 왔잖아요?"

"찾으면?"

엘시의 한마디에 다시 분위기가 무거워졌다. 엘시가 모처럼
진지한 표정을 하고 있었다.

"지유를 찾으면? 과연 돌아오려고 할까?"

"……"

유나가 꿀 먹은 벙어리가 되어버렸다.

"난 송지유 걔가 어떤 마음인지 다 알아요. 지독한 회의감
이겠죠. 그토록 자신을 사랑해 주던 사람들이 하루아침에 손
가락질을 하고 있잖아요. 난 알아요. 믿었던 사람들한테 버림
받은 그 느낌 말이에요."

엘시의 고백에 분위기가 숙연해졌다. 지금은 상태가 많이
좋아졌지만 한때는 우울증으로 큰 고생을 했던 엘시였다.

"다연이 말이 맞아요. 다들 알잖아요? 지유가 얼마나 팬들

을 사랑했는지."

최영진이 말했다.

얼음 여왕이라고 불리기는 했지만, 송지유만큼 팬들을 사랑하는 스타는 없었다. 항상 팬 카페 SONG ME YOU와 소통을 했고, 팬들의 닉네임과 얼굴을 일일이 기억하며 그들을 진심으로 대해주었다.

홍콩이나 중국 같은 해외 스케줄 때도 공항으로 몰려든 팬들을 위해 몇 시간씩 시간을 소비하고, 팬들의 애정을 뿌리치지 못해 밤마다 호텔에서 손과 팔에 쥐가 나곤 했다. 이것뿐만이 아니었다. 백선혜, 백선호 남매는 물론, 정기적으로 방문을 하고 후원을 하는 고아원도 여러 곳이었다.

이렇게 팬들을 위해서라면 항상 몸과 마음을 사리지 않는게 바로 송지유였다.

그런데 그토록 애정과 사랑을 주었던 팬들이 지금은 송지유를 비난하고 있는 상황이었다. 한 명의 사람으로서 송지유가 느꼈을 회의감의 무게를 엘시는 잘 알고 있었다.

"그래서 현우 오빠도 고민하고 있는 거 아니에요?"

엘시가 현우를 똑바로 쳐다보며 물었다. 현우가 고개를 끄덕였다.

"그래. 다연이 말이 맞아. 지유는 도망간 게 아니야. 잠시 쉬려고 쉴 곳을 찾아 간 것뿐이야. 하지만 이 사실이 알려지면

세상은 지유를 가만히 두지 않겠지. 그래서 나도 고민 중이
다."

현우의 표정이 씁쓸함으로 물들었다.

문득 고전 동화 '행복한 왕자'가 떠올랐다. 사람들은 보석들
로 치장된 행복한 왕자 동상을 찬양하며 사랑했다. 어느 날
행복한 왕자 동상은 사람들이 살고 있는 도시를 내려다보며
슬픔에 잠긴다. 수많은 사람들이 불행하게 살고 있었기 때문
이었다.

행복한 왕자는 제비에게 부탁을 하고, 자신이 가지고 있던
모든 것들을 가난한 사람들에게 나누어 준다. 칼자루에 박혀
있던 보석을 빼서 아픈 아이의 엄마에게 나누어 주고, 눈동자
에 박힌 보석을 빼서 성냥팔이 소녀와 가난한 작가에게 준다.
그리고 몸에 붙어 있던 금 조각들을 떼어 가난한 사람들에게
모두 나누어 준다.

제비는 따듯한 나라로 떠나지 못하고 행복한 왕자의 곁에
머물다 추운 겨울 눈을 감고 만다. 자신이 가진 모든 것들을
나누어 준 행복한 왕자도 결국 초라하게 변하고 사람들에 의
해 녹여진다.

"태명아. 아니, 손 대표."

"그렇게 부르지 마라. 임시 대표라고 불러."

"부탁 하나만 하자."

"뭔데?"

"어울림이랑 우리 식구들을 부탁한다."

손태명이 잠시 머뭇거렸다. 현우의 의중을 파악했기 때문이었다.

"다연이 말이 맞아. 억지로 지유를 끌고 오면? 뭐가 달라질까? 마음의 상처만 깊어질 뿐이야. 하지만 그렇다고 해서 지유를 혼자 둘 수는 없어."

"……."

손태명의 표정이 씁쓸해졌다.

"결국 우리를 두고 현우 너마저 떠나는구나."

"미안하다. 지유 옆에는 나라도 있어야 해. 그리고 시간이 모든 걸 해결해 줄 거야."

유나가 조용히 눈물을 훔쳤다. 눈물은 전염병과도 같다고 했던가? 다들 눈물을 흘리기 시작했다.

하지만 유나도 그 누구도 현우를 붙잡을 수가 없었다. 지금 이 순간 그 누구보다도 현우가 씁쓸해 보였기 때문이었다.

*　　　*　　　*

"비가 오네."

현우가 하늘을 올려다보며 혼잣말을 중얼거렸다. 잿빛 구름들 사이로 빗방울이 떨어지고 있었다.

"다연이한테 우산 챙겨줘서 고맙다고 해야겠다."

현우가 검은색 장우산을 펼쳤다. 그리고 가만히 서서 주변을 둘러보았다. 수많은 사람이 길거리를 오고가고 있었다. 아무런 이해관계도 없는 완벽한 타인의 시선들. 순간 송지유가 이곳에서 느꼈을 안도감이 느껴지자 현우 역시 마음이 편해졌다.

빵빵! 익숙한 픽업트럭 하나가 현우의 앞에 세워졌다. 현우의 입가에 미소가 지어졌다. 탁! 운전석이 열리며 훤칠한 체구의 히스패닉 청년이 내렸다. 후안이었다.

"현우! 왔구나?"

"후안, 잘 지냈어?"

"나야 잘 지냈지. 헤이, 근데 얼굴이 왜 그래? 지유 걱정 많이 했구나? 그렇지?"

"뭐, 그렇지."

현우가 쓰게 웃었다. 후안이 얼른 현우의 짐들을 챙겨 픽업트럭 위에 실었다.

"타. 지유가 현우가 온 걸 알면 좋아할 거야. 내가 일부러 말 안 했거든."

"후안, 너는 여전하구나."

현우가 후안을 보며 웃었다. 후안도 씩 웃었다.

"나? 당연하지. 친구 좋은 게 이런 거 아니겠어? 언제 봐도 그 모습 그대로."

"하하. 그렇긴 하지."

현우가 후안의 옆자리에 올라탔다. 픽업트럭이 공항을 빠져나가기 시작했다. 후안이 창밖을 보고 있는 현우를 보며 입을 열었다.

"이번에는 얼마나 머물 생각이야?"

"음. 한동안 쭉?"

"뭐? 정말이야? 지유도 그 소리를 하던데? 대체 한국에서 무슨 일이 있었던 건데?"

"자세한 이야기는 나중에 해줄게."

"하아… 궁금하지만 어쩔 수 없지. 밤에 식당 문 닫으면 한잔하자. 응?"

"오케이. 좋지."

픽업 트럭이 뉴욕 시내를 달려 후미진 뒷골목으로 들어섰다. 현우가 길게 한숨을 내쉬었다. 대략 열흘 만에 만나는 송지유였다. 어떻게 맞아줄지 괜히 긴장이 되었다.

"너희 둘 설마 싸운 건 아니지?"

"그건 아니야. 그리고 엄연히 따지면 잘못한 건 내가 아니고 지유야. 말도 없이 뉴욕으로 와버렸으니까."

"지유가? 오! 역시 지유는 매혹적인 여자라니까?"

그사이 픽업트럭 창밖으로 익숙한 가게의 간판이 보이기 시작했다. 덩달아 현우의 심장도 거세게 떨렸다.

후안이 시동을 끄며 먼저 운전석에서 내렸다. 현우도 뒤따라 내려 간판을 올려다보았다. '뉴 소울'이라는 간판이 현우를 내려다보고 있었다.

현우가 조용히 뉴 소울의 가게 문 앞에 섰다. 이 문만 넘으면 송지유가 있다.

"아! 맞다."

"왜? 현우?"

"준비한 게 있거든."

현우가 서둘러 픽업트럭의 뒷좌석에서 무언가를 꺼냈다. 작은 꽃다발이었다.

"오우! 브라보!"

후안이 그런 현우에게 엄지를 들어 보였다. 현우가 꽃다발을 든 채로 가게 문을 열었다. 가게 문을 열자 청소에 열중하고 있는 송지유의 뒷모습이 보였다.

후안이 현우에게 쉿, 손가락을 들어 보였다.

"지유, 나 왔어."

"후안, 어디 갔다가 오는 건데? 부탁한 술들은 사왔어?"

"사왔지. 가격도 꼼꼼히 따져서 사왔어. 그리고 내 친구가 왔는데, 꽃다발까지 들고 왔지 뭐야?"

뒤돌아서 서 있던 송지유의 작은 어깨가 푹, 내려갔다.

"대체 네 친구들은 말귀를 알아듣기는 해? 나 남자 친구, 아니, 결혼할 사람 있다니까?"

송지유가 홱 몸을 돌렸다.

현우가 꽃다발로 얼굴을 가린 채 우뚝 서 있었다.

"......!"

송지유가 눈을 크게 떴다. 꽃다발로 얼굴을 가리고 있다고 해도 현우를 몰라볼 리가 없었다.

현우가 슥, 꽃다발을 치웠다. 그리고 빙그레 웃었다.

"서프라이즈!"

"......"

송지유가 다다다, 달려가 현우의 품에 와락, 안겼다. 현우는 조금씩 가슴팍이 축축해지는 걸 느껴졌다.

"이거 영화의 한 장면인데?"

후안이 코끝을 찡그렸다.

현우가 송지유를 내려다보며 입을 열었다.

"얼굴 좀 보자. 응?"

"싫어요. 오늘 화장 안 했어요."

"어허. 누가 들으면 기함할 소리를 하네. 송지유 생얼이 더 예쁜 건 온 세상이 다 아는데?"

"......"

송지유가 살짝 고개를 들어 현우를 올려다보았다. 현우가 송지유의 눈물을 닦아주었다.

"그래서 기껏 도망 온 곳이 여기였어?"

"그냥, 그냥… 할아버지들이 보고 싶었어요."

"헤이, 지유. 나는?"

"후안, 시끄러워. 그리고 나가줄래?"

송지유가 눈을 흘겼다.

"오! 미안!"

후안이 어깨를 으쓱하며 서둘러 가게 밖으로 나갔다. 텅 비어버린 가게 안엔 현우와 송지유, 단 둘만이 남았다.

송지유가 현우의 품에서 살짝 고개를 들었다.

"어울림은요? …우리 가족들은요?"

"태명이가 있잖아. 이제 손 대표야, 손 대표. 난 이제 진짜 김태식이고."

"미안해요… 나 때문에."

송지유가 왈칵, 눈물을 쏟았다. 어울림은 현우의 분신과도 같은 회사였다. 그런데 자신 때문에 모든 걸 잃었다. 차마 현우를 똑바로 쳐다볼 수도 없었다.

현우가 조심스레 손으로 송지유의 고개를 들었다.

"너 때문이 아니야. 내가 스스로 결정한 거야. 그리고 이젠 네가 내 전부야."

"…오빠!"

송지유가 현우의 품에 파고들어 그동안의 모든 감정을 쏟아 내었다. 현우가 묵묵히 그런 송지유의 등을 토닥였다.

얼마나 시간이 흘렀을까. 끼익, 다시 가게 문이 열렸다.

"후안! 나가라고 했지?"

"으음. 그놈 또 따라왔냐, 지유?"

"잭 할아버지?"

송지유가 동그랗게 눈을 떴다.

지배인 블랙 잭에 이어 뉴 소울의 영감들이 연이어 가게에 등장을 했다.

"신성한 가게에서 뭐 하는 짓들이냐? 떨어져라, 이것들아."

"늙은이들 염장 지르는 게냐?!"

"죄, 죄송해요!"

영감들의 호통에 송지유가 서둘러 현우의 품에서 빠져나왔 다. 현우가 영감들을 향해 꾸벅, 고개를 숙였다.

"오랜만에 뵙습니다. 다들 건강하신 것 같아 마음이 놓이네 요."

"허허. 저놈 말 하나는 참 잘한단 말이야. 그래. 너도 여기 서 일자리가 필요하냐?"

"저요?"

현우가 잠시 당황해했다. 그런데 생각해 보니 뉴욕에서 마땅히 갈 곳이 없긴 없었다.

"네. 일자리가 필요합니다, 어르신들."

"그래. 그럼 여기서 일해라."

"감사합니다."

대수롭지 않게 말하는 블랙 잭을 보며 현우가 환히 웃었다.

　　　　*　　　　*　　　　*

늦은 새벽, 비 내리는 거리를 우산 하나에 의지한 채로 현우와 송지유가 나란히 걷고 있었다. 현우와 팔짱을 끼고 걷던 송지유가 갑자기 걸음을 멈추고 현우를 올려다보았다.

"오빠."

"응?"

"지금 꿈 아니죠?"

"꿈? 갑자기?"

현우가 되묻자 송지유가 미소를 머금었다.

"좋아요."

"응?"

"아무도 없는 이 거리도 좋고, 그리고 오빠가 내 옆에 서 있어서 좋아요. 그거 알아요? 데뷔를 한 이후로 한 번도 긴장의 끈을 놓았던 적이 없었던 것 같아요. 내가 약해지면 우리 할머니, 유라, 우리 어울림 다 무너진다고 생각을 했는데, 이제는 아닌 것 같아요."

"그래, 송지유. 많이 변하긴 했지."

현우가 빙그레 웃어 보였다.

처음 만났을 때만 해도 송지유는 가시가 잔뜩 돋아 있었다. 날카롭게 솟아 있는 가시 탓에 많은 사람이 찔리기도 했다. 현우 역시 그랬다. 그리고 때론 그 가시에 송지유 스스로가 다치기도 했었다.

하지만 이번에 큰일을 겪으면서 송지유가 많이 달라져 있었다. 어떻게 보면 얼음 여왕이 약해졌다고 볼 수도 있었지만 현우 입장에서는 오히려 지금의 모습이 더욱 좋았다.

"이젠 오빠한테 다 의지하려고 해요. 오빠도 이젠 나한테 의지하지 마요?"

"내가 너한테 의지했다고?"

송지유에게 묻고는 현우가 생각에 잠겼다. 그러고 보니 어울림이 위기를 맞을 때마다 늘 송지유가 해결사로 나서곤 했었다.

"……"

순간 현우의 표정이 굳어버렸다. 당연하다고 생각했던 것들이 송지유에게 큰 부담으로 다가갔을 거라는 것을 뒤늦게 깨달았다.

현우가 송지유를 내려다보았다. 얼음 여왕이라고 불리는 송지유가 지금만큼은 가녀린 21살의 소녀로 보였다.

"이제는 슬프면 슬프다. 힘들면 힘들다. 아프면 아프다. 다할 거니까 각오해요. 도망가면 안 돼요?"

"아니. 도망 안 가. 그래서 이렇게 뉴욕까지 따라왔잖아?"

"맞아요. 그래서 이제부터 난 오빠한테 다 맡길 거예요. 내 전부를요."

"그래, 얼마든지."

송지유가 현우의 품에 다시 안겨들었다. 그리고 조용히 속삭였다.

"오빠, 어제까지만 해도 다시 돌아가고 싶었어요. 그런데 생각해 보니까 다시 돌아가면 지금의 오빠는 없어지고 말아요. 갑자기 뚱딴지같죠? 곧 다 말해줄게요. 오빠는 내 전부니까요."

"……!"

순간 현우의 눈동자가 흔들렸다. 현우가 송지유의 양어깨를 잡고는 똑바로 내려다보았다.

"지유야, 너도 설마?"

차마 뒷말은 꺼낼 수가 없었다.

"오빠? 왜 그래요?"

"......"

현우의 표정이 심하게 흔들리고 있었다. 그런 현우의 눈동자를 확인한 송지유 역시 눈을 크게 떴다.

3장

도로시와 양철나무꾼

"……"

"……"

검은색 장우산 아래 현우와 송지유가 서로를 멍하니 바라보며 서 있었다. 투둑, 장우산 끝에서 빗방울들이 떨어졌다.

"언제였어?"

오랜 침묵 끝에 현우가 먼저 입을 열었다.

"……"

송지유가 그런 현우의 시선을 피했다. 그러고는 천천히 걸음을 떼었다. 현우가 급히 우산을 씌어주며 송지유의 곁을 따랐다.

"지유야."

현우가 나지막하게 송지유를 불렀다. 송지유가 다시 걸음을 멈추고는 현우를 올려다보았다.

송지유의 눈동자에 다시 눈물이 고였다.

"오빠가 교통사고로 잘못됐다는 소식을 들었어요."

"……!"

현우의 표정이 굳었다.

연말 SBC 시상식에 손태명 대신 송지유를 데려다주고 오는 길, 현우는 교통사고를 당했고 눈을 떠보니 과거로 돌아와 있었다. 그런데 송지유는 교통사고 후의 일들을 기억하고 있었다.

"시상식이 끝나고 사고 소식을 들었어요. 태명 오빠랑 병원에 왔는데, 오빠가 누워 있었어요."

"역시 난 죽었던 건가?"

현우가 씁쓸한 얼굴로 물었다. 송지유가 고개를 저었다.

"아니에요. 의사가 의식불명이라고만 했어요. 태명 오빠를 먼저 보내고 오빠 옆에서 잠이 들었는데… 깨어보니까 나도 과거로 돌아와 있었어요……."

"…그랬구나."

현우가 깊게 숨을 내쉬었다.

이제야 모든 것들이 이해가 되기 시작했다. 과거로 돌아오기 전 20살의 송지유와 현재의 송지유가 달랐던 이유가 있었다. 그리고 지금까지 보여줬던 송지유의 압도적인 면모들도 하나둘 이해가 되었다.

그저 과거에서 돌아왔을 뿐, 송지유는 강철의 여인이 아니었다. 현우가 안쓰러운 눈동자로 송지유를 내려다보았다.

"그동안 많이 힘들었겠구나. 미안하다."

"아니에요. 오빠가 항상 옆에 있어줬잖아요. 그리고… 지금 이 순간에도 말이에요."

송지유가 눈물을 훔치고는 현우의 품에 와락 안겼다. 현우가 빗방울이 떨어지는 하늘을 올려다보며 입을 열었다.

"왜 날 선택했던 거야? 과거로 돌아왔으면 다시 기회가 주어진 셈이었잖아. 너도 알다시피 난 그 누구보다도 실패한 인생이었어."

과거로 돌아오기 전, 현우는 다 쓰러져 가는 삼류 기획사 어울림의 사장이었다. 소속 가수도 중년의 무명 트로트 가수 둘뿐이었다. 과거로 돌아와 다시 기회를 얻었음에도 송지유는 현우와 어울림을 선택했다.

"오빠가 가여웠어요. 그리고 미안했어요. 내가 그때 오빠를 떠나지 않았더라면 오빠가 그렇게까지 망가지지는 않았을 거라고 생각했어요. …그래서 침대에 누워 있는 오빠를 보면서 결심했어요. 오빠가 깨어난다면 오빠와 다시 시작하기로."

"…그랬구나. 고맙다, 지유야."

현우가 품에 안겨 있는 송지유의 머리를 쓰다듬었다. 송지유가 물끄러미 현우를 올려다보았다.

"오빠는 왜 날 찾아왔어요? 오빠도 다시 주어진 기회였잖아요."

고개를 갸웃하는 송지유의 모습이 사랑스러워 현우가 이마에 입을 맞추었다. 그리고 다시 송지유를 품에 안았다.

"네게 더 잘될 수 있는 가능성이 있었다는 걸 알았어. 늘 미안했고… 소속사도 없이 혼자 고생하는 널 보면서 말이야."

"결국은 서로 이렇게 만날 운명이었던 거네요?"

"그런가?"

현우가 쓴웃음을 머금었다. 송지유가 고개를 끄덕였다.

"우리 둘 다 과거로 돌아오지 않았더라도 오빠가 깨어났으면 분명히 다시 시작했을 거예요."

"그래. 그랬을 것 같다. 우리 이렇게 단둘이 조금만 더 지내자."

"네? 갑자기 무슨 말이에요?"

"사실은 오늘 너한테 다시 한국으로 돌아가자는 말을 하려던 참이었어."

"……."

어느새 비가 그쳐 있었다. 현우가 장우산을 접었다. 그런 다음 옅게 웃었다.

"그런데 생각이 바뀌었어. 팬들도 중요하지만, 우리가 가장 중요하다는 걸 깨달았어. Galaxy Wars 촬영도 있으니까 미국에 머물면서 한동안은 서로한테 집중해 보자."

"태명 오빠는요? 손 부인이 오빠를 찾을 텐데요?"

현우가 잠시 머뭇거렸다. 그러다 피식 웃었다.

"태명이는 나보다 더 잘할 녀석이야. 태명이가 있는데 어울림도, 우리 식구들도 무슨 걱정이야?"

"하긴."

송지유도 생긋 웃었다.

"자."

현우가 손을 내밀었다. 송지유가 현우의 손을 꼭 잡았다. 현우와 송지유가 서로의 손을 굳게 잡은 채 호텔로 향했다.

"비도 그치고 공기도 좋은데 노래 하나만 해줘."

"어떤 노래요?"

"달달한 사랑 노래?"

"으~ 닭살."

송지유가 눈을 흘기면서도 천천히 입술을 열었다. 오즈의 마법사의 주제곡인 'Somewhere Over The Rainbow'였다.

송지유가 현우의 손을 놓고는 텅 빈 거리를 활보하며 노래를 부르기 시작했다. 한 편의 뮤지컬 같은 모습에 현우가 웃음을 머금었다.

"하하. 네가 도로시야?"

"내가 도로시보다 훨씬 예쁘거든요?"

"그건 맞지. 그럼 나는?"

한 바퀴 턴을 돌고 난 후 송지유가 현우를 쳐다보며 생각에 잠겼다.

"오빠는 양철나무꾼 하면 되겠네요."

"양철나무꾼? 하필? 그럼 다연이는?"

"마녀."

"하하! 다연이가 들으면 삐질걸?"

"삐지라고 해요. 어차피 여기 없는데."

송지유가 다시 노래를 흥얼거리며 텅 빈 거리를 활보하기 시작했다. 현우는 조금 떨어져서 그런 송지유를 지켜만 보았다.

행복해하는 그 모습이 정말로 도로시를 보는 것 같았다.

"양철나무꾼이라. 그까짓 거, 하지 뭐."

현우의 입가에도 조금씩 미소가 번졌다.

*　　　　*　　　　*

"이야! 벌써 이만큼이나 지어진 겁니까, 대표님?"

코인 엔터의 백동원 팀장이 신사옥 건물을 올려다보며 감탄을 숨기지 못했다. 한눈에 다 들어오지도 않는 거대한 건축

물이 그 형태를 갖춰가고 있었다.

"어울림이 역시 대단하긴 합니다, 손 대표님."

플레지즈 엔터의 이기혁 실장도 척, 엄지를 내밀고 있었다. 어울림 신사옥의 위용은 실로 대단했다. 국내 기획사 사옥 중 최고와 최대라는 수식어를 전부 달고 있었다. 요즘 들어서는 완공이 마무리되어 가는 신사옥을 보기 위해 관광객들도 몰리고 있는 실정이었다.

슈트 차림의 손태명이 손사래를 쳤다.

"하아. 그 대표라는 소리는 그만하시라니까요?"

"벌써 2년이 다 되어가는데 아직도 적응이 안 되십니까, 손 대표님?"

"임시 대표라고 제가 누누이 말씀을 드리지 않았습니까? 현우, 그 자식이 들으면 은근히 섭섭해한다니까요? 정말입니다."

손태명이 현우의 이름을 거론하자 좌중이 조용해졌다. 코인 엔터의 백동원 팀장이 길게 한숨을 내쉬었다.

"아직도 미국에서 돌아올 생각 없으시답니까?"

"네, 뭐. 한번 삐지면 단단히 삐지는 녀석이라서요."

"이제 용서를 해줄 때도 되지 않았습니까? 요즘 기사 올라오는 거 보면 팬들도 그렇고 대중들도 반응이 전과는 많이 다르던데요?"

이기혁 실장도 말을 덧붙였다.

"그렇긴 한데 말이죠."

손태명이 한숨을 들이마시며 어울림 본사 쪽을 바라보았다. 요 며칠 전부터 송지유의 팬 카페 SONG ME YOU 회원들을 시작으로 '김현우, 송지유 귀환 운동'이 벌어지고 있었다.

"본사로 가시게요? 팬들한테 잡힐 텐데?"

이기혁 실장이 눈을 크게 뜨며 말했다. 손태명이 들이마셨던 한숨을 다시 내쉬었다.

"다 김현우 친구인 제 업보죠. 뭐."

손태명이 천천히 걸음을 옮겼다. 어울림 본사 앞엔 팬 카페 회원들과 함께 수백 명의 팬이 몰려와 있었다.

"손태명 대표님이다!"

"대표님!"

"임시 대표님!"

팬들이 얼른 손태명을 둘러싸 버렸다.

"우리 여왕님 근황 좀 알려주세요!"

"두 분은 언제 한국으로 돌아오신답니까? 예?"

다들 아우성이었다. 손태명이 안경을 고쳐 쓰며 입을 열었다.

"지유랑 현우는 건강하게 잘 지내고 있습니다. 말씀드릴 게 이것밖에 없어 죄송합니다. 그리고 언제 한국으로 돌아올지는 저 역시 장담 못 합니다. 죄송합니다."

여기저기서 탄식이 쏟아졌다. 팬들의 어깨들이 축, 늘어졌다. 그때 어울림 본사 안에서 익숙한 얼굴이 나타났다.

"형님! 전화요!"

"누군데?"

"현우 형님요!"

"뭐? 지금?"

최영진의 한마디에 팬들이 이목이 쏠아졌다.

"지나가겠습니다!"

손태명이 팬들에게 양해를 구하고 서둘러 본사로 들어갔다. 3층 사무실로 올라온 손태명이 향한 곳은 대표실이 아닌 그 옆의 작은 방이었다.

방 문패에 '임시 대표실'이라는 팻말이 붙어 있었다. 문을 열고 들어간 손태명이 의자에 앉으며 급히 전화를 받았다.

"응. 나다, 현우야."

―뭐 하냐?

"출근했지. 그나저나 요즘 난리다. 그러니까 왜 사진은 찍어 줘서 이 난리야? 왜 잠자는 사자의 코털을 건드리냐고?"

손태명이 현우를 갈궜다.

며칠 전, 인터넷 커뮤니티에 현우와 송지유의 근황이 담긴 사진이 올라왔다. 미국 여행 중이었던 어느 가족이 현우와 송지유와 함께 찍은 사진을 SNS에 게재했기 때문이었다.

그리고 여론은 들불처럼 번져 활활 타오르고 있었다.

—며칠 그러다 말겠지. 하루 이틀이냐?

"아니라니까? 기사 확인해 봐. 지유 옆에 있냐?"

—지유는 촬영장에. 난 트레일러야. 지유 기다리고 있다.

"아무튼 기사는 꼭 봐라. 이번엔 달라."

—알았다.

툭, 전화가 끊겼다.

손태명이 창문 밖 몰려온 팬들을 내려다보았다.

"후우. 저 사람들은 무슨 죄야."

씁쓸했다. 2년 전에는 기다렸다는 듯 현우와 송지유를 물어뜯던 사람들이 얼마 전부터는 누구보다도 그 둘을 그리워하고 있었다. 현우는 그렇다 쳐도 송지유가 받았던 상처와 배신감은 아랑곳하지 않고 말이다.

"뭐라고 하세요?"

이제는 실장이 된 최영진이 임시 대표실 안으로 들어오며 물었다.

"뭐, 똑같지."

"그렇죠? 후우."

최영진이 한숨을 내쉬었다. 그러고는 소파에 앉았다.

"돌아오긴 하실까요?"

"그건 나도 모르지."

"선영 씨랑 결혼이라도 할까요?"

"결혼?"

"네. 제가 결혼이라도 하면 현우 형님이나 지유도 한국에 한 번 정도는 올 거 아니에요?"

"후우. 나쁜 생각은 아닌데 말이지. 그나저나 지혜는?"

"아직 말 안 해요."

"하아… 신지혜."

손태명이 이마를 짚었다. 머리가 지끈거렸다.

요즘 들어 어울림에서 가장 잘나가는 소속 연예인이 바로 신지혜였다. 14살로 올해 중학교 1학년이 된 신지혜는 어린이 프로의 MC를 2년째 맡으면서 초등학생들의 대통령으로 불리고 있었다. 남녀노소 가리지 않고 그 인기가 엄청났다. 하지만 요 근래 어울림의 가장 큰 골칫거리기도 했다.

"지혜는?"

"학교 끝나고 회사로 바로 온다고 했어요. 어? 저기 오는데요?"

최영진이 창밖을 가리켰다.

어울림 본사 앞에 초록색 밴이 세워졌다. 문이 열리고 교복 차림의 신지혜가 나타났다.

"지혜 님이다!"

"지혜 히메!"

팬들이 우르르 신지혜에게로 몰려들었다. 팬들의 얼굴에 반가움이 가득했다. 꼬마였던 작은 소녀는 이제 제법 성장을 해서 미모를 뽐내고 있었다. 아직은 소녀와 여인의 경계에 서 있었지만 제2의 송지유라 불리며 많은 사랑을 받고 있었다.

특히 송지유의 팬들은 신지혜를 각별하게 아꼈다. 점점 송지유를 닮아가고 있었기 때문이다. 특히 특유의 냉기 어린 분위기는 꼭 송지유를 보는 것 같았다.

"지혜 님! 조금 전에 김현우 대표님한테 전화 왔다는데요?"

"아, 네."

"지혜님이 우리 대표님이랑 지유님 좀 설득해 주시면 안 되겠습니까?"

팬들이 신지혜에게 통사정을 해왔다.

"삼촌이랑 언니 인생이에요. 알아서 잘할 거예요."

"하지만 말입니다! 타지 생활이 얼마나 힘이 들겠습니까? 지혜 님이 좀."

어느 팬을 보며 신지혜가 눈을 찌푸렸다. 급히 밴에서 내린 김철용이 신지혜의 앞을 가로막았다.

"지혜야, 들어가자. 엉?"

"아니. 비켜봐, 삼촌. 나 할 말 있어."

김철용이 머뭇거리다 길을 터주었다. 신지혜가 팔짱을 낀 채로 입을 열었다. 신지혜의 얼굴이 급속도로 차가워졌다.

"우리 삼촌이랑 언니. 누구보다 행복하게 잘 지내니까 그냥 두세요. 욕하고 조롱할 때는 다 잊었나 봐요? 왜요, 이제 와서 아쉬워요? 그럼 그때는 왜 가만히들 계셨을까요? 당신들한테 우리는 그냥 광대잖아. 재밌게 구경이나 하다가 건덕지 생기면 마음대로 씹고, 욕하고 갖다 버리는 광대. 그러니까 다들 그만하라니까요? 어차피 이러다 말 거면서. 진짜 짜증 나."

"······."

"······."

신지혜의 차가운 독설에 팬들이 할 말을 잃어버렸다. 신지혜의 눈동자에 눈물이 고였다.

"그만하고 다들 가요! 당신들은 우리 삼촌이랑 지유 언니를 볼 자격이 없으니까! 삼촌이랑 언니가 뭘 그렇게 잘못했는데?! 당신들을 위해서 삼촌이랑 지유 언니는 늘 최선을 다했어! 그런데 당신들은? 좋았잖아! 그렇게나 웃고 떠들고 좋았으면서! 미국으로 쫓아낼 때는 언제고?! 왜? 이제 심심해졌어?! 내가 재밌게 해줄 테니까! 우리 삼촌이랑 언니 그냥 둬! 두라고!"

신지혜가 바락바락 소리를 질렀다. 어울림 본사 앞이 숙연해졌다. 김철용은 차마 말릴 생각을 못 하고 있었다.

신지혜도 김철용도, 그리고 어울림 식구들은 그동안 일언반구도 없이 2년이라는 세월을 참아내었다.

한데 이제 와서 이러는 팬들의 모습이 김철용이 보기에도 꽤나 허무했다. 아니, 화가 났다.

"삼촌이랑 언니가 떠나고 내가 매일매일 얼마나 울었는지 알아?! 근데 지금은 절대 안 울어! 당신들 때문에 절대 울지 않을 거야!"

신지혜가 입술을 깨물고는 눈물이 흘러내리지 않도록 버텼다. 몇몇 팬들이 눈물을 훔쳤다. 미안하고 면목이 없었기 때문이다.

"신지혜!"

어느새 나타난 손태명이 일그러진 얼굴로 소리를 쳤다. 신지혜가 손태명의 시선을 피하지 않았다.

"철용아, 지혜 데리고 들어와라."

"예, 형님."

김철용이 신지혜의 팔을 붙잡았다. 신지혜가 거칠게 팔을 뿌리쳤다.

"놔! 내 발로 들어갈 거니까."

신지혜가 팬들은 쳐다보지도 않은 채 어울림 본사로 들어갔다. 신지혜가 사라진 자리엔 침묵만이 남았다.

"……."

"……."

팬들이 주섬주섬 짐들을 챙겨 하나둘 사라지기 시작했다.

＊　　　＊　　　＊

임시 대표실, 손태명과 신지혜가 서로를 마주하고 있었다. 손태명이 길게 한숨을 내쉬었다.

"지혜야, 오늘 왜 그랬어? 너, 학교에서 친구들이 말 걸어도 대꾸도 안 한다며?"

"......"

신지혜가 홱, 고개를 돌렸다.

"신지혜."

"듣고 있으니까 자꾸 이름 부르지 마."

서서 지켜보고 있던 최영진도 신지혜의 옆자리에 앉았다.

"지혜야, 넌 스타야. 스타가 팬들한테 그러면 되겠어? 다 네가 좋아서 그러는 거잖아. 응?"

최영진이 신지혜를 타일렀다.

"영진이 말이 맞아. 너 언제까지 사람들한테 못되게 굴 건데?"

순간 신지혜의 눈동자가 사나워졌다.

"다들 그만해! 언제까지 저 인간들 장단에 맞춰줄 건데?! 피곤하지도 않아?! 차라리 나처럼 욕을 해! 착한 척하지 말라고!"

"신지혜!"

손태명이 결국 폭발을 했다. 신지혜가 얼굴을 감싸 쥔 채로 참았던 눈물을 흘렸다. 손태명도 의자 뒤로 머리를 묻었다.

현우와 송지유가 그렇게 쫓기듯 미국으로 떠난 뒤, 가장 큰 상처를 입은 건 바로 신지혜였다. 사춘기도 빨리 찾아왔고 사람들, 특히 팬들에 대한 불신이 극에 달해 있었다.

시청률 10%가 넘는 어린이 프로의 단독 MC를 맡으며 초통령이라 불리고 있었지만, 그 인기만큼 오만하다, 건방지다 등 잡음이 끊이지를 않고 있었다.

"오늘 일도 너 기사 나갈 거야. 모르겠어?"

"알아. 근데 내가 무슨 상관이야? 어차피 사람들도 이런 나를 더 좋아하잖아?"

신지혜의 말 그대로였다. 많은 수의 팬들이 신지혜의 이러한 면모를 좋아하고 있었다. 역시 불꽃 락커 신현우의 딸이다. 공주님이라 오만한 건 당연한 것이다. 등의 찬양 일색뿐이었다.

"난 지유 언니처럼 그렇게 바보처럼 도망갈 생각은 없어."

"지혜야!"

"왜? 내 말이 틀렸어? 현우 삼촌이랑 지유 언니가 뭘 그렇게 잘못했는데? 몰래 만난 게 그렇게 죽을죄야? 지유 언니가 재벌가 딸인 게 그렇게 잘못이야? 그 인간들은 원래 그런 인간들이야. 쉽게 판단하고 쉽게 욕하고 자기들밖에 모르는 속물들."

신지혜가 자리에서 일어났다.

"연습실에서 애들 기다려. 나 갈래."

신지혜가 눈물을 슥슥, 닦고는 임시 대표실을 나섰다. 손태명도 최영진도 그런 신지혜를 더 이상 붙잡지 못했다.

'Galaxy Wars' 촬영장의 배우 트레일러, 커피포트에서 수증기가 끓어올랐다. 흔들의자에 앉아 영문 소설을 읽고 있던 현우가 천천히 자리에서 일어났다.

쪼르륵, 커피 가루가 담긴 커피잔에 뜨거운 물이 담겼다. 현우가 티스푼으로 커피를 잘 저었다.

딸깍, 마침 트레일러의 문이 열렸다. 현우가 커피잔을 들고는 씩 웃었다.

"왔어?"

"오빠~"

송지유가 그대로 현우의 품에 폭 안겼다.

"어어? 커피 흘린다니까?"

"피곤해 죽겠어요. 눈도 막 감기고……."

"그랬어? 커피 한 잔 해. 피곤 좀 풀릴 거야."

"응, 그럴래요."

송지유가 현우에게서 커피 잔을 받아 들었다. 그러고는 향기를 맡았다.

"좋다~"

"뭐야. 조금 전에는 피곤하다며?"

"오빠 얼굴 보자마자 피로가 다 풀렸어요. 좋다, 우리 집."

"여기가 집이었나?"

현우가 쓴웃음을 머금었다. 송지유가 생긋 웃었다.

"같이 있으면 어디든 우리 집이죠?"

"그렇긴 하지. 오늘 촬영은 어땠어?"

"마지막 부분이라 아쉽긴 했는데, 좋았어요. 아! 그리고 내일 마지막 촬영이에요! 메키스 감독님이 오빠랑 같이 오래요."

"나도?"

"스코필드 할아버지도 오신대요."

"회장님이 오시는데 나도 가야 하나? 파티는 영 체질에 맞지가 않아서 말이지."

"회장님도 오시는데, 월급 사장이 빠지면 되나요? 그리고 그런 파티 아니거든요? 조촐한 파티 몰라요?"

송지유가 눈을 흘겼다. 현우가 피식 웃었다.

"그럼 가야지."

현우가 잠시 머뭇거렸다. 커피 잔을 내려놓으며 송지유가 코트를 벗어 옷걸이에 걸었다. 그러고는 머뭇거리고 있는 현우를 쳐다보았다.

"할 말이 뭔데요?"

요즘 들어서는 서로 눈빛만 봐도 생각을 알 수 있는 두 사람이었다. 현우가 머리를 긁적였다.

"그게, 한국 쪽 소식이야."

"그래요?"

송지유의 표정이 썩 좋지 못했다. 2년 전 미국으로 온 다음부터는 한국 연예계와는 연을 끊은 송지유였다. 어울림 가족들의 소식을 빼고는 한국 연예계엔 아무 관심이 없었다.

"무슨 일인데요?"

"지혜가 사고를 친 모양이야."

현우의 표정이 어두워졌다. 송지유의 눈동자도 신지혜라는 말에 흔들렸다.

"지혜… 가요?"

"응. 후우……."

현우도 송지유로 서로 말을 잇지 못했다. 두 사람에게 있어서 신지혜는 특별한 존재였다.

현우가 노트북을 열고 기사를 보여주었다.

[신지혜, 팬들 앞에서 난동? 팬들에게 독설 내뱉어!]
[지혜 히메의 오만함, 이제는 그 정도를 넘었다]
[신지혜 인성 논란! 무엇이 지혜 히메를 분노하게 했는가?]

포털 사이트에 올라와 있는 헤드라인부터 수위가 장난이 아니었다. 그리고 기사마다 댓글들이 어마어마하게 달려 있었다.

현우가 먼저 의자에 앉았다.

"댓글 볼까?"

평소 한국 연예계 관련 기사의 댓글은 쳐다도 안 보는 게 송지유였다.

하지만 이번에는 달랐다. 신지혜의 일이었기 때문이다. 송지유가 다시 커피 잔을 들고는 현우의 옆자리에 앉았다.

"볼래요."

송지유의 말이 떨어지자마자 현우가 댓글을 확인했다.

ㅡ지혜 히메, 지혜 히메 하니까 진짜 지가 공주인 줄 아나? 근데 예쁘긴 하네; ㅋ

ㅡ와; 이제 중학교 1학년 아님? 성격 장난 아니네? 왕년의 송지유 보는 듯

ㅡ신지혜 어렸을 때는 성격 좋지 않았나? 근데 왜? ㅠㅠ

ㅡ팬들 사람 취급 안 하네 ㅋㅋㅋㅋㅋ

ㅡㅇㄱㄹㅇ; 팬들한테 냉랭한 거 보소 ㅋㅋㅋ

ㅡ전부 너희들 때문이잖아? 김태식이랑 송지유 찬양할 때는 언제고 범죄자마냥 욕하고 미국으로 보내지 않았음? 신지혜가 김현우랑 송지유 엄청 좋아하고 따랐는데 당연히 삐뚤어지지;

ㅡ나 같아도 팬들 사람으로 안 본다. 신지혜 잘했다!

ㅡ역겹다, 역겨워. 그렇게 욕을 할 때는 언제고 이제는 귀환 운

동? ㅋㅋ 신지혜가 맞는 말 했네. 대중들한테 연예인은 딱 광대 수준임. 웃기게 하면 웃고, 기분 나쁘면 까고 ㅋ

―그때 다들 너무하긴 했지. 국민 남매라고 둘이 결혼하라고 은근히 그럴 때는 언제고 비밀 연애 한 번 했다고 그냥 이 악물고 달려들어서는; 난 더 충격이었던 게 송지유 보고 재벌 사생아라고 조롱했던 놈들임;

―다음 달에 'Galaxy Wars' 전 세계 개봉 아님? 내한 하나? 혹시?

―오오! 그때 송지유 한국 올 수 있겠는데?

―대박! 그러고 보니까 'Galaxy Wars'가 있었네! 갓 지유! 한국으로 돌아와라! 와라!

―응. 절대 한국으로 안 와. 미국에서 잘나가고 있는데 왜 오냐? ㅋㅋ 김태식은 Sun film에서 경영자로 잘나가던데? 송지유도 이제 월드 스타 등극 예정인데 왜 한국을 와? 중국에 가면 갔지

―메키스 필름 홈페이지 ㄱㄱ

―그냥 두라니까? 이 양심도 없는 인간들아! ――

대중들의 의견이 분분했다.

"......"

"......"

현우와 송지유는 말이 없었다. 하지만 한 가지 사실은 확실

했다.

신지혜가 생각보다 큰 사고를 쳤다는 사실이었다. 그리고 한 가지 사실도 더 확인할 수 있었다. 이제는 많은 사람이 현우와 송지유를 그리워하고 있다는 것이었다.

송지유가 현우 대신 노트북 뚜껑을 덮었다. 그리고 커피 잔을 입으로 가져갔다.

"커피 좋다. 난 오빠가 타주는 커피가 제일 좋아요. 참, 저녁은 먹었어요? 아님 나 기다린 거예요?"

송지유가 화제를 돌리려 했다. 현우가 그런 송지유의 양어깨를 잡고는 정면으로 얼굴을 마주했다.

"지유야."

"……."

"사실 너한테 하고 싶은 말이 있었어. 스코필드 영감님과도 사전에 이야기를 나누어봤어."

"……."

"Galaxy Wars 개봉 스케줄이 잡혔어. 아시아 투어를 해야할 것 같아. 중국은 확정이 났고, 일본이랑 한국 둘 중에 한곳을 더 가야 하는 상황이야."

"일본으로 가요. 솔이도 볼 겸."

송지유의 결정에 현우가 고개를 저었다. 그러고는 송지유를 지긋이 쳐다보았다.

"지유야, 이제 그만 용서해 줄 때도 되지 않았어?"

"……."

송지유가 푹, 고개를 숙였다. 현우가 다시 노트북을 열었다. 그리고 기사 하나를 클릭했다. 노트북에서 들려오는 소리에 송지유가 고개를 들었다.

어울림 본사 앞에 많은 팬들이 몰려와 있었다. 저마다 송지유를 그리워하는 문구가 적힌 피켓을 들고 시위 아닌 시위를 하고 있었다. 그리고 신지혜가 나타나 팬들에게 독설을 퍼붓는 장면까지.

송지유의 표정이 수채화처럼 다양한 감정으로 물들어갔다.

"용서해 주자. 저분들은 죄가 없어. 그저 빗발치는 비난 속에 겁이 나서 목소리만 내지 못했을 뿐, 항상 네 뒤에 서 있었던 분들이야."

현우가 급히 핸드폰을 꺼내 들었다. 그리고 사진 하나를 보여주었다. 갓난아기의 사진이었다.

"얼굴천재지유 박 팀장님 딸이야. 저번 달에 태어났어. 이름도 지유란다. 박지유."

"……."

송지유가 입술을 깨물었다.

"2년 전 비 내리던 그날 기억 나? 네가 나한테 오즈의 마법사 노래를 불러준 적이 있어."

"……."

"넌 도로시고 난 양철나무꾼이라며? 팬들은 그저 지혜가
부족한 허수아비였을 뿐이야."

"……."

송지유의 눈동자에서 눈물이 흘러내렸다. 현우가 말없이 송
지유의 눈물을 닦아주었다.

"넌 날 선택해서 나에게 심장을 줬어. 이제는 팬들을 용서
해 주자. 지유 네가 직접 말이야."

"오빠, 사실 무서워요. 전처럼 나를 좋아해 주지 않으면 어
떻게 하나 너무 두려워요. 그래서 난 도망쳤던 거예요. 미움
받는 게 견디기 힘들고 두려웠어요."

2년 만에 듣는 송지유의 본심에 현우는 마음이 아렸다. 찬
양 일색이던 팬들과 대중들이 하루아침에 등을 돌렸다. 그리
고 사랑 대신 비난과 증오들을 쏟아내었다. 2년 전, 21살의 송
지유가 견디기에는 너무 벅찬 일이었다.

그리고 23살이 된 지금의 송지유에게도 여전히 벅찬 일이
었다. 현우가 송지유를 품에 꼭 안아주었다.

"도로시한테는 양철나무꾼이 있잖아. 그리고 사자도 이제
는 겁을 먹고 숨어만 있지는 않을 거라고 했어."

"사자?"

송지유가 현우를 빤히 쳐다보았다. 용기가 없는 사자. 누군

가의 얼굴이 스쳐 지나갔다.

"그래. 태진 형님이 내일모레 아침 비행기로 널 보러 올 거야."

"…태진 오빠."

송지유가 그리운 이름을 되뇌었다. 미국으로 떠나기 전까지도 이복동생을 위해 고군분투하던 이복 오빠 문태진. 비록 힘이 없어 방패막이가 되어주진 못했지만 이복동생을 위해 평생 두려워만 하던 아버지에게 당당히 맞선 그런 남자였다.

지난 2년간 제대로 된 연락도 못 한 이복 오빠가 미국으로 온다는 말에 송지유의 가슴이 뭉클했다.

"내일 마지막 촬영하고, 우리 다 같이 보자. 내가 예약도 해놨어."

"…고마워요. 정말 고마워요."

송지유가 현우의 품에 파고들었다. 현우의 마음 씀씀이가 고마웠기 때문이었다. 반면 현우는 안타까운 얼굴로 송지유의 등을 토닥였다. 송지유는 여전히 한국으로 돌아갈 생각이 없어 보였다. 아니, 두려워하고 있었다.

'언제쯤 지유가 마음을 돌릴 수 있을까.'

혹시라도 송지유가 눈치를 챌까, 현우는 속으로 한숨을 삼켜야 했다.

*　　　　*　　　　*

미국 베벌리힐스 번화가의 구석진 골목에 2년 전 가게 하나가 새롭게 오픈을 했다. 재즈 바와 스페인 레스토랑을 겸하는 이 가게의 이름은 바로 '뉴 소울'이었다.

히스패닉계 청년 셰프 한 명과 그 친구들 몇 명, 그리고 흑인 노인들로 이루어진 괴상한 조합에 인근 가게 주인들은 큰 관심을 두지 않았었다.

하지만 불과 2년 만에 '뉴 소울'이라는 이 특이한 식당은 베벌리힐스의 명물이 되어 있었다. 상류층 사람들은 물론이고 수많은 작가, 배우 지망생들이 이 가게를 찾고 있었다.

그리고 오늘 '뉴 소울' 가게 앞에 'Closed'라고 적힌 간판대 하나가 덩그러니 세워져 있었다. 덕분에 가게를 찾은 많은 손님들이 발걸음을 돌려야 했다.

가게 안은 저녁 준비로 분주했다. 셰프 복장을 갖춘 후안과 그 친구들이 요리에 한창이었다.

후안이 오픈 키친 너머 영감들을 살펴보았다. 다들 물 담배를 피면서 한가롭게 포커를 치고 있었다.

"영감님들! 좀 도와달라니까요?! 가만히 거기 앉아서 뭣들 하십니까? 예?"

"우리가 셰프냐? 우리는 연주자들이야! 연주자가 무슨 요리냐!"

지배인 블랙 잭이 버럭 소리를 질러댔다.

"후안 이놈! TV에 몇 번 나와서 유명 셰프 다 됐다 이거냐? 배은망덕한 놈! 네가 누구 때문에 성공했냐?! 겸손할 줄 알아 야지, 어디서 늙은이들을 부려 먹으려고 해?!"

성깔이 있는 존스 영감이 성을 냈다. 후안이 머리를 긁적였다.

"제가 또 언제 거만해졌다고 그러십니까? 그럼 사장님 두 분이랑 VIP 손님들 오시는데 가만히 있어요? 예?"

"우리는 우리가 알아서 할 테니 네 놈은 요리나 제대로 해!"

"예예! 영감님들."

결국 후안이 꼬리를 내렸다. 말로도 성깔로도 도저히 이 길 수가 없는 노인네들이었다. 그때 똑똑, 누군가가 문을 두드 렸다. 후안의 친구 한 명이 급히 뛰어가 문밖을 확인했다.

"누군데!?"

"사장님들이랑 VIP들 오셨다, 후안."

후안의 친구가 활짝 웃으며 문을 열어주었다. 이윽고 문이 열리며 현우와 송지유가 먼저 모습을 드러내었다.

"오오! 오늘 우리 사장님들 장난 아닌데?"

후안의 친구가 휘파람을 불었다. 현우도 송지유도 제법 옷 을 갖춰 입은 상태였다.

"파블로, 장난칠래?"

"미안, 지유."

송지유의 포스에 파블로가 하하 웃었다. 그러고는 그 옆의 동양인 남녀를 살펴보았다. 송지유와 분위기가 비슷한 청년 한 명과 제법 미모가 있는 젊은 여인 한 명이었다. 특히 동양인 청년은 귀티가 잘잘 흐르는 게 범상치가 않아 보였다.

그사이 후안이 주방에서 걸어 나왔다.

"안녕하세요? 반가워요."

제법 능숙한 한국어에 문태진과 정민지가 살짝 웃었다. 후안이 송지유를 보며 다시 말을 꺼냈다.

"지유, 정식으로 소개해 줘야지."

"응. 이쪽은 후안이라고 우리 식당 수석 셰프 겸, 제 친구예요. 그리고 후안, 여긴 우리 오빠 문태진. 그리고 오빠의 아내 되시는 정민지."

송지유가 또박또박, 풀 네임을 알려주었다. 후안이 고개를 끄덕였다.

"오호. 문태진, 정민지. 좋았어. 요리 다 끝나가니까 자리로 앉아. 영감님들! 현우랑 지유 왔습니다! 지유 가족들도 왔어요!"

후안이 식당 안을 향해 소리를 질렀다. 가족들이라는 말에 송지유와 문태진이 서로 쑥스러워했다.

뒤이어 네 명의 흑인 노인들이 모습을 드러내었다.

"할아버지!"

송지유가 블랙 잭의 품으로 안겨들었다. 그러고는 차례차례 노인들과 포옹을 나누었다.

'Galaxy Wars'의 촬영 일정이 빡빡해서 보름 만에 만나는 노인들이었다. 송지유를 바라보는 노인들의 눈빛이 따듯함을 확인한 문태진이 현우를 보며 웃었다.

*　　　*　　　*

짧은 상봉이 끝나고 후안의 친구 파블로가 현우 일행을 테이블로 안내했다. 서로를 마주하고 앉자 후안의 다른 친구가 와인 잔과 와인을 먼저 가져왔다.

정민지가 가게 안을 둘러보고 있었다. 그리 큰 규모의 가게는 아니었지만 인테리어도 그렇고 가게 안이 정말로 예뻤다.

"가게가 너무 예뻐요. 그런데 손님이 없네요? 현우 씨?"

"태진 형님이랑 형수님이 오신다고 해서 제가 오늘 전세 냈습니다."

"어머? 그래요? 그래도 괜찮아요?"

"그럼요. 오늘은 특별한 날이니까요."

현우가 씩 웃으며 말을 했다.

현우와 정민지가 편안하게 대화를 나누는 것과 달리, 문태진은 자리에 앉자마자 송지유부터 살피고 있었다. 그 시선이 부담스러울 법도 했지만 이상하게 송지유는 마음이 편했다.

"잘 지냈니?"

문태진이 마침내 입을 열었다. 송지유가 고개를 끄덕였다.

"네. 잘 지냈어요."

"다행이다."

"오빠는요?"

송지유의 질문에 현우와 정민지가 서로를 보며 몰래 웃었다. 두 남매 간에 이루어지는 제대로 된 첫 대화가 신기했기 때문이었다.

"나? 솔직히 널 미국으로 보내고 나서… 잘 지냈다고는 못하겠어. 그래도 잘 지내려고 노력은 했다. 아, 유라랑 할머님은 잘 지내신다."

"들었어요. 이것저것 많이 챙겨주신다고 유라가 그랬어요. 감사해요."

"감사는. 오빠니까 당연한 거지."

"네."

송지유와 문태진 사이에 어색한 침묵이 감돌았다. 정민지가 무언가 말을 꺼내려고 했지만 현우가 고개를 저었다.

"오늘 마지막 촬영은 어땠어?"

문태진의 질문에 송지유가 잠시 어색해했다. 그러다 입을 열었다.

"시원섭섭했어요."

"그래. 그랬을 거야. 끝이라는 건 항상 아쉽게 마련이니까. 이제 곧 개봉이지?"

"네."

"한국 쪽 배급이랑 상영은 우리가 따냈어."

"……!"

문태진의 말에 송지유가 살짝 당황해했다.

2년 전 그 사건 이후로 어울림 엔터테인먼트와 CV는 거의 원수가 되어 있었다. 어울림은 현우와 송지유를 잃었고, CV는 주가 폭락을 비롯해 그룹 이미지에 치명적인 상처를 입고 말았다.

워낙 사안이 중대해서 서로 충돌하는 일은 없었지만 그 후로 어울림과 CV는 서로 엮이는 일이 없는 상황이었다.

"동생아."

따듯한 온기가 느껴지는 말에 송지유가 고개를 들었다.

"이제 우리 한국으로 가자. 2년 전에는 내가 힘이 없어서 널 지켜주지 못했지만 지금은 달라."

"…하지만! 제가 돌아가면 그 사람이 또 가만히 있지 않으려 할 거예요. 그리고 전 아직… 한국으로 돌아갈 용기가 없어요."

"현우한테 들었어. 우리 지유는 도로시라며?"

문태진이 작은 웃음을 머금었다. 여동생이 너무 귀여웠기 때문이다. 하지만 송지유의 얼굴은 부끄럼으로 빨갛게 물들었다.

"용기 없는 사자. 그게 나라며? 근데 이제 나는 용기 있는 사자가 된 것 같다."

"……?"

송지유가 의문 어린 눈동자를 했다.

"양철나무꾼이 아직 말을 안 했구나?"

"네, 사자 형님."

현우의 농담에 정민지가 호호, 웃었다. 문태진이 품속에서 명함 지갑을 꺼내 송지유에게 명함을 건넸다.

황금색으로 빛나는 명함을 받아 든 송지유의 눈동자가 커져 버렸다.

"나 이번 달 주주총회에서 회장으로 선출될 것 같아."

문태진이 환하게 웃었다.

"이제 그 사람으로부터 널 지켜줄 수 있어. 한국으로 가자, 동생아."

*　　　*　　　*

MBS 방송국의 대기실 문이 벌컥, 열렸다. 20대 중반으로 보이는 여성이 서둘러 대기실을 둘러보았다.

대기실 의자에 교복 차림의 신지혜가 다리를 꼬고 앉아 있었다. 여유로운 태도로 신지혜가 젊은 여성을 올려다보았다.

"왜?"

한껏 퉁명스러운 말투였다. 3개월 차 신입 매니저 백지윤이 안도의 한숨을 내쉬었다.

"휴우. 그래도 오긴 왔네. 고마워, 지혜야."

"뭐가? 이젠 언니까지 날 문제아 취급하는 거야?"

"아, 아니야! 그래도 지혜야, 연락도 없이 학교에서 사라지면 어떻게 해, 응?"

"매일 똑같은 차 타고 다니기도 지겹잖아. 답답하고."

신지혜가 핸드폰을 두들기며 말했다. 백지윤이 이번에는 진짜 한숨을 내쉬었다.

"그래도 철용 팀장님이 아시면 나 진짜 혼나. 사람들이 알아보기라도 하면 어쩌려고 그랬어? 지혜야, 응?"

"알았으니까 울상 좀 하지 마. 주름 생겨."

신지혜의 말에 백지윤의 이마에 살짝 핏줄이 돋아났다가 사라졌다. 14살, 중학교 1학년짜리 탑스타의 비위를 맞추기가 여간 어려운 게 아니었다.

"오늘 방송 잘할 거지?"

"잘해야지. 내 일인데."

"그래. 우리 지혜 히메 최고!"

백지윤이 척, 엄지를 들어 보였다. 신지혜가 얼굴을 구겼다.

"갑자기? 창피해, 언니."

신지혜의 말에 방송국 분장팀 인원들이 킥킥, 웃기 시작했다. 백지윤의 얼굴이 벌게졌다. 그리고 배에서 꼬르륵, 소리가 들려왔다.

신지혜가 작은 눈썹을 구겼다.

"나 잘하고 올 거니까 밥이나 먹고 와. 아침, 또 굶었지?"

"응? 응."

"아침 챙겨 먹으라니까? 내 매니저 생활 오래 하려면 세 끼는 꼭 먹으라고 했잖아. 다녀와, 언니."

"혼자 잘할 수 있겠어?"

"방송에 언니가 출연해? 내가 출연하지? 편의점에서 라면에 김밥으로 때우지 말고. 인스턴트식품 먹으면서 살쪘다고 걱정하는 건 대체 뭔지."

신지혜가 고개를 내저었다.

"……."

백지윤의 얼굴이 또 벌게졌다. 신지혜의 잔소리 폭격에 분장팀 인원들도 웃기 시작했다. 이럴 때보면 누가 매니저고 소속 연예인인지 헷갈릴 때가 있었다.

"슬슬 준비해야지?"

이윽고 신지혜에게 분장팀 인원들이 달라붙기 시작했다.

길게 풀어져 있던 머리를 양 갈래로 땋고, 간단하게 메이크업을 했다. 그리고 마지막으로 고양이 인형 모자를 신지혜에게 씌웠다.

워낙 얼굴이 작아 고양이 얼굴 모자를 씌우자 정말이지 고양이 캐릭터를 보는 것 같았다.

"오늘 진짜 귀엽다!"

"꼬마 야옹이! 잘할 수 있지?"

신지혜가 대기실 의자에서 일어나 거울을 보며 주먹을 내질렀다.

"냥냥 펀치! 얍얍!"

애교 섞인 표정과 외침에 분장팀 인원들이 꺅꺅, 난리가 났다. 신지혜의 표정이 다시 본 상태로 돌아왔다.

"됐지? 이 정도면?"

"역시 지혜 히메!"

"지혜야! 한 번만 더해 봐! 사진 찍게!"

"싫거든."

그렇게 말하곤 신지혜가 대기실을 나섰다. 여기저기서 안타까움의 탄식이 쏟아졌다. 대기실 문고리를 잡고 있던 신지혜가 다시 몸을 돌렸다.

"정말이지. 어른들 맞아? 왜 이렇게 유치해?"

"한 번만~ 응?"

"너무 귀엽잖아!"

신지혜가 길게 한숨을 내쉬며 적당하게 두 다리를 벌리고 자세를 잡았다. 순간 신지혜의 표정이 변했다.

"냥냥 펀치! 냥냥!"

꺅꺅, 비명 소리와 함께 여기저기서 찰칵 소리들이 터져 나왔다.

신지혜가 눈을 가늘게 떴다.

"SNS에 올리면 내가 악플 달 거야!"

*　　　*　　　*

MBS 인기 어린이 프로인 '생방송! 하니하니 안녕하니?'가 생방송에 한창이었다. 그리고 화제의 코너인 '고민 해결! 무엇이든 말해보라니까?!'가 막 시작한 상태였다.

생방송 스튜디오에 전화가 걸려왔다.

"벌써 전화가 왔네요? 그럼 받아볼까요?"

신지혜가 얼른 제작진을 향해 고개를 끄덕였다. 그러자 통화가 이어졌다.

"네! 전화주신 어린이! 자기소개 부탁드릴게요!"

고양이 인형 모자를 뒤집어쓴 신지혜가 한껏 텐션이 오른 목소리로 외쳤다.

"어린이 친구?"

─안녕하세요? 푸름 초등학교 4학년 강찬우입니다!

"목소리도 씩씩하고 좋네요? 그럼 우리 강찬우 어린이는 고민이 뭔가요?"

─저는 지혜 누나랑 결혼을 하고 싶어요. 이게 제 고민입니다.

"큰 고민이네요. 그래요, 강찬우 어린이는 누나랑 왜 결혼을 하고 싶어요? 누나가 좋은 이유, 스무 개만 말해볼래요?"

─……

전화기 너머로 흠칫, 당황하는 게 느껴졌다. 작가들을 비롯해 제작진이 신지혜의 센스에 웃음을 터뜨렸다.

"장난이에요! 너무 많았죠? 두 개만 말해보세요!"

─누나는 예쁩니다! 그리고 유명하고요!

"그렇군요. 강찬우 어린이 여자 친구가 예뻐요? 아니면 누나가 예뻐요?"

─누나요. 여자 친구가 있었으면 제가 전화 안 하죠. 휴.

"마, 맞아요? 그럼 강찬우 어린이는 누나랑 결혼을 하기 위해서 어떤 노력을 하고 있나요?"

─……

핵심을 찌르는 질문에 또 말문이 막힌 것 같았다. 신지혜가 입을 열려는 사이 스튜디오에 다시 목소리가 들려오기 시작했다.

─매일매일 공부도 열심히 하고요! 또 축구도 열심히 하고요! 멋있는 남자가 되려고 합니다! 그리고 레스토랑도 알아놓았습니다! 네이브 사이트 지식인에 내공 전부 걸어서요!

"아! 정말요? 지식인에 내공 다 걸었으면 정말 저한테 다 건 거네요?"

스튜디오에서 폭소가 터졌다.

"좋아요! 나중에 중학교에 들어가면 누나가 생각을 해볼게요! 대신 부모님 말씀 잘 듣고 지금처럼 멋진 남자로 쭉쭉 커야 해요?"

─네! 누나!

"그럼 돌림판을 돌려볼까요? 강찬우 어린이는 뭘 가지고 싶어요?"

─저는 황금 로봇 골드파워요!

"이유가 있어요?"

─비싼 거라서요. 엄마가 안 사주세요.

"좋아요! 그럼 돌려볼게요! 기운을 모아볼까요?"

신지혜가 대기실에서 했던 것처럼 두 다리를 벌리고 자세를 잡았다. 그리고 카메라를 보며 소리치며 양 주먹을 번갈아 내질렀다.

"냥냥 펀치! 냥냥!"

신지혜가 힘차게 돌림판을 돌렸다.

돌림판이 빠르게 돌아가다 서서히 느려지기 시작했다. 긴장의 순간, 돌림판이 마침내 한 군데서 멈출 기미를 보이기 시작했다.

돌림판을 바라보는 신지혜의 표정이 과장되게 흔들렸다. 돌림판이 '꽝'에서 멈추려 하고 있었기 때문이었다. 결국 돌림판이 '꽝'에서 멈추려 했다. 그 순간 신지혜가 슥, 손으로 돌림판을 밀었다.

'꽝'에서 멈추려던 돌림판이 '황금 로봇 골드파워 세트'에서 멈추었다.

"어머! 세상에! 축하해요! 강찬우 어린이!"

─와! 누나! 짱이에요! 근데요. 누나가 손으로 만져서…….

"제가요? 그런 적 없는데?"

신지혜가 시치미를 뗐다. 스튜디오로 고뇌에 찬 강찬우 어린이의 목소리가 들려오기 시작했다.

─누나, 저희 담임선생님이 그러시는데요. 사람은 정직하게 살아야 한대요. 저 그냥 안 받을게요. 벌을 받기는 싫어요. 누나도 벌을 받기는 싫죠?

예상하지 못한 반응이었다. 어린이 시청자를 상대로 하기에 종종 이런 돌발 상황이 일어났다.

신지혜가 팔짱을 꼈다.

"강찬우 어린이는 참 착하네요. 맞아요. 정직하게 살아야 해요. 하지만 말이에요. 하지만 그 정직도 정직할 가치가 있는 사람들한테나 통하는 거예요. 정직하지 않은 사람들에게는 때론 정직하지 않을 필요도 있어요."

갑자기 진지해진 신지혜를 보며 제작진이 고개를 갸우뚱거렸다.

"……."

반면 생방송 촬영을 지켜보고 있는 김철용은 많은 생각에 잠겨 있었다. 신지혜가 누구에게 말을 하는지 어렴풋이 알고 있었기 때문이었다.

―누나, 어려워요. 그러니까 제가 받아도 된다는 건가요?

"맞아요! 때로는 선의의 거짓말도 필요한 법이니까요! 그럼 선물 축하해요! 강찬우 어린이, 전화해 줘서 고마워요! 안녕!"

―누나, 안녕히 계세요!

통화 연결이 끊겼다.

곧장 스튜디오에 많은 전화가 걸려오기 시작했다. 인기 코너답게 시청자들의 참여가 밀려들고 있었다.

"그럼 또 받아볼까요? 여보세요?"

―……

"여보세요? 어린이 친구?"

—⋯⋯.

"많이 부끄러워요? 괜찮아요! 자기소개 씩씩하게 부탁드릴
게요!"

—저기, 진짜 걸릴 줄은 몰랐습니다. 죄송합니다.

스튜디오에 성인 남성의 굵직한 목소리가 울려 퍼졌다.

"⋯⋯."

"⋯⋯."

제작진이 황당해했다. 어린이 프로에 다 큰 성인 남성의 전
화가 걸려온 것이었다. 생방송 중에 벌어진 일이라 제작진들
도 어찌할 바를 모르고 있었다.

시청률 10%를 차지하고 있는 시청자 중에서는 성인들도 제
법 많았다. 하지만 이렇게 직접 전화가 걸려온 건 처음이었다.

신지혜가 태연하게 입을 열었다.

"자기소개 부탁드릴게요!"

—예? 저요? 어⋯ 저는 33살 직장인 박우진이라고 합니다.

"좋아요! 박우진 어린이는 고민이 뭔가요?"

—어, 어린이요? 제가요?

33살 박우진이 전화기 너머로 헛웃음을 흘렸다. 신지혜가
눈을 동그랗게 뜨며 고개를 끄덕였다.

"네. 박우진 어린이도 어린이 시절이 있었을 거 아니에요?
두 눈을 감고 어린이였던 무렵을 떠올려 보세요! 시작!"

—시, 시작.

"네. 그럼 다시 물어볼게요! 33살 박우진 어린이는 고민이 뭔가요?"

—고민이라…….

"잘 생각해 보세요! 시간 줄게요!"

—…….

스튜디오에 잠시 정적이 흘렀다. 제작진은 혹여나 생방송 중에 방송 사고가 날까, 노심초사하고 있었다.

반면, 신지혜는 여유로웠다. 스튜디오에 흘러나오는 i2i의 최신 신곡에 맞춰 살랑살랑 안무까지 따라하고 있었다.

—어렸을 적에 상상했던 미래의 내 모습이 지금과는 많이 다르다는 점?

마침내 목소리가 들려왔다. 제작진이 급히 음악 소리를 낮추었다. 신지혜가 다시 팔짱을 꼈다.

"어렸을 적에 상상했던 박우진 어린이의 모습은 어땠어요?"

—음… 지금보다는 좋은 직장에, 좋은 차에 돈도 많이 벌 수 있을 거라고 생각했죠. 아, 누구나 부러워할 법한 예쁘고 착한 여자 친구도 있을 줄 알았네요.

"지금의 박우진 어린이는 어떤데요?"

—요즘은 큰 목적의식 없이 하루하루 사는 것 같아요.

"이유가 있을까요?"

―열심히 살았는데 어느 순간 넘어지고 나니까 많은 생각이 드는 것 같아요. 척하지 말고 살 걸 그랬어요. 하하.

"척요?"

신지혜가 고개를 갸웃했다.

―힘들어도 힘들지 않은 척, 아파도 아프지 않은 척, 슬퍼도 슬프지 않은 척, 할 수 있는 척이라곤 다 하고 살았어요. 척만 하다 보니까 정말 떠나가더라고요.

"혹시 소중한 누군가와 헤어졌어요?"

―네. 잠시지만 많이 아팠거든요. 아, 말이 길어졌네. 아무튼 지혜 씨 같은 사람은 모를 거예요. 아직 어리지만 앞날이 창창하니까요.

"박우진 어린이가 보기에는 누나가 행복해 보이나요?

―네. 아니에요?

33살 박우진이 신지혜에게 질문을 했다. 신지혜가 생각에 잠겼다. 그리고 카메라를 보며 다시 입을 열었다.

"박우진 어린이는 누나가 왜 행복하다고 생각해요?"

―그렇게 보이니까요. TV에서 보면 항상 웃고 있잖아요.

신지혜가 작게 웃으며 고개를 저었다.

"아니요. 행복할 때도 있지만 지금은 그리 행복하지 않아요. 웃고는 있지만 마음은 속상해요. TV에서 보는 모습이 제 전부는 아니니까요. 박우진 어린이."

─아, 그럴 수도 있겠구나. 미안해요. 내가 생각이 짧았다. 하긴 사람들은 TV 화면 속 모습만 보곤 하니까 그럴 수도 있겠네요. 함부로 단정 지은 점, 사과할게요.

"괜찮아요! 박우진 어린이는 참 착한 어린이였을 것 같아요. 지금도 착한 어린이 같고요."

─하하, 그런가요?

"지금은 괜찮아요?"

─네. 견딜 만해요. 일상으로 돌아와서 열심히 일도 하고 있고요.

"다행이네요! 박우진 어린이! 누나한테 하고 싶은 말 또 없어요?"

─음. 뜬금없긴 한데 얼마 전에 드라마에서 들었던 대사가 있어요.

"네. 말해보세요."

─사람은 죄를 지은 존재라 그 죄를 갚기 위해 세상을 살아간다고 하더라고요. 그래서 사는 것 자체가 힘든 거라고요. 그래서 편하게 생각하고 있어요. 내가 죄를 많이 지었나 보다 하고요.

"그렇구나. 그럼 저도 죄가 많나 봐요."

─네? 설마요!

"며칠 전에 사고 하나 쳤거든요."

―아, 그거요? 뭐 그럴 수도 있죠. 지혜 씨는 아직 어리니까요. 실수는 누구나 합니다. 그러니까 힘을 내요. 팬들이 다 비난만 하는 건 아니잖아요? 저처럼 응원을 하는 팬들도 있습니다. 다만 그걸 지혜 씨가 모를 뿐이에요.

느닷없는 시청자의 위로였다.

"……"

신지혜의 눈동자가 흔들렸다. 짧은 순간 신지혜가 숨을 들이마시며 마음을 다잡았다. 그리고 양 주먹을 굳게 쥔 채로 자세를 잡았다.

"좋아요! 우리 모두 기운 내요! 따라하세요! 냥냥 펀치! 냥냥!"

―냐, 냥냥! 하하.

"박우진 어린이가 제 고민을 해결해 줬으니까 저도 상을 줄게요."

―상요?

"네! 우리 매니저 언니 예쁘고 착하거든요? 진짜 어떨 때는 바보 같기도 해요! 그러니까 소개팅해 줄게요!"

―예, 예?

시청자가 화들짝 놀랐다. 막 끼니를 해결하고 온 매니저 백지윤도 화들짝 놀랐지만 이미 엎질러진 물이었다.

눈앞에서 손사래를 치고 항변을 해보았지만, 신지혜는 눈

하나 깜빡하지 않고 있었다.

"그럼 돌림판을 돌려볼까요?"

─저, 저기요! 잠깐만!

"돌려! 돌려! 돌림판! 과연 우리 박우진 어린이의 소개팅은 성사될까요?"

신지혜가 돌림판을 돌렸다. 커다란 돌림판이 빙글빙글 돌아가기 시작했다. 한참을 돌아가던 돌림판이 또 '꽝'에서 멈추고 말았다.

─다, 다행이다!

"아닌데? 박우진 어린이! 꽝이에요! 축하해요! 소개팅에 당첨이 되었어요!"

─아, 아니 꽝이잖아요?

"꽝이 꽝이라고 한 적은 없거든요?"

─꽝인데 왜 소개팅을? 하아······.

"우리 매니저 언니 만나면 누구든 인생, 꽝될 것 같아서요! 그럼 마지막으로 누나한테 할 말 있나요?"

신지혜의 말에 제작진이 폭소를 터뜨렸다.

─음. 주눅 들지 말고, 하고 싶은 거 해요. 인생 복잡하게 살 필요 없잖아요? 하고 싶은 거 있으면 해요. 먹고 싶은 거 있으면 먹고, 보고 싶은 사람 있으면 당장 달려가서 만나요. 꼰대 같긴 한데 33살 인생 선배로서 조언하는 거예요.

"고마워요! 박우진 어린이! 꼭 그렇게 할게요! 그럼 안녕!"

길었던 통화가 끝났다. 신지혜가 연신 손을 흔들고 있었다.

*　　　*　　　*

"신지혜! 정말 너무하잖아! 내 인권은 안중에도 없다는 거지? 소개팅은 무슨 소개팅이야! 누구 마음대로!?"

대기실 문이 거칠게 열리며 백지윤이 들이닥쳤다. 작가들과 분장팀 인원들이 그런 백지윤을 일제히 쳐다보고 있었다.

"어, 어? 죄, 죄송합니다! 지, 지혜만 있는 줄 알고. 근데 지혜는 어디에 있어요?"

백지윤이 대기실 주변을 둘러보며 물었다. 작가 한 명이 고개를 갸웃거렸다.

"어? 조금 전에 갔어요. 매니저 언니 기다린다고 나갔는데요?"

"네?! 그럴 리가 없는데?!"

백지윤이 화들짝 놀랐다. 백지윤의 손에는 신지혜가 부탁한 과일 주스가 들려 있었다. 뒤이어 대기실에 김철용이 들어왔다.

"지혜는?"

"팀장님!"

백지윤이 대답 대신 울상을 했다. 김철용의 시선이 백지윤의 양 손에 들린 과일 주스에 향해 있었다.

김철용이 이마를 짚었다.

"으아!"

김철용이 절규를 했다. 그러다 얼른 정신을 차렸다.

"멀리는 못 갔을 거야! 빨리 근처 다 뒤져! 작가님들! 작가님들 손도 좀 빌립시다!"

"네? 네!"

대기실이 순식간에 소란스러워졌다. 김철용이 간절한 마음을 담아 신지혜에게 전화를 걸었다.

─고객님의 전화기가 꺼져 있.

"망했다."

김철용이 망연자실, 한숨을 내쉬었다. 대형 사고가 터져 버리고 말았다.

*   *   *

삐빅! 도어락이 해제되며 문이 열렸다. 호화 멘션 안에 들어온 신지혜가 주변을 살폈다.

"……"

고가의 그림과 도자기들로 장식된 호화 멘션은 고요했다.

유유자적, 걸음을 옮긴 신지혜가 안방 문고리를 잡았다.

끼이익, 문이 열리며 침실의 정경이 드러났다. 방 한 가운데 놓인 커다란 침대에 집주인이 안대를 쓰고는 잠이 들어 있었다. 살금살금, 걸음을 옮긴 신지혜가 집주인을 내려다보았다.

탄탄한 근육이 엿보이는 상체가 훤히 드러나 있었지만 오히려 신지혜는 얼굴을 구겼다.

"더러워."

신지혜가 거위 털 이불을 목까지 슥, 올려주었다. 그러고는 두 손으로 집주인의 눈을 가리고 목을 가다듬었다.

"오빠~"

갑작스러운 인기척에 집주인의 입가에 미소가 지어졌다.

"누구야?"

느끼한 음성에 신지혜가 또 얼굴을 구겼다.

"맞춰봐~"

"세리?"

"아니~"

"그럼 우리 유정이?"

"아니?"

"그럼 누군데? 오빠가 궁금하네? 아! 알았다! 제이미? 너 제이미지?"

결국 신지혜가 안대를 누르고 있던 양 손을 떼었다. 그러고는 높이 손바닥을 들었다. 짝! 작고 하얀 손이 집주인의 가슴 팍을 강타했다.

"악! 뭐, 뭐야!?"

집주인이 황급히 침대를 박차고 일어나 급히 안대를 벗었다.

"지, 지혜야?"

갓 보이스의 멤버 승호가 얼떨떨한 얼굴을 했다. 신지혜가 허리에 척, 양 손을 올리고는 사납게 눈을 치켜뜨고 있었다.

"천하의 난봉꾼아! 민우 오빠랑 다른 오빠들은 지금 죽어라 고생하고 있는데, 또! 또!"

"아, 아니! 그게! 내가 아무리 바람둥이라도 양심은 있다고! 일부러 장난친 거지 다!"

"장난? 장난?! 이번에 여자 문제로 사고치면 갓 보이스 해체 라며? 이 웬수야!"

"지, 지혜야. 진정하고! 일단 나는 환자니까!"

승호가 안절부절 어쩔 줄을 몰라 하고 있었다. 신지혜가 발을 들어 승호의 허리를 툭툭, 건드렸다.

"허리 디스크 환자가 여자를 만나? 응?"

"아니, 넌 줄 알고 장난 친 거라니까? 그리고 말은 똑바로 하자. 막말로 손만 잡고 잘 수는 있는 거지!"

"뭐래?! 나 아직 미성년자거든? 못 하는 말이 없네?"

승호가 길게 한숨을 내쉬며 침대 아래 떨어져 있는 셔츠를 가리켰다.

"일단 오빠, 옷 좀."

"자!"

신지혜가 셔츠를 주워 얼굴로 던졌다. 승호가 서둘러 셔츠를 입었다.

"물도 좀."

"손 없어?"

"아이고, 허리야!"

승호가 허리를 부여잡았다. 신지혜가 한숨을 쉬며 거실로 나가 생수를 꺼내 돌아왔다.

"따줘야지. 환자잖아."

"야, 여기."

승호가 벌컥벌컥, 작은 생수 한 병을 비워냈다. 정신이 번쩍 들었다. 승호가 천천히 신지혜를 살펴보았다.

교복 차림은 그렇다고 쳐도 고양이 얼굴 인형을 머리에 뒤집어 쓰고 있었다. 승호가 길게 한숨을 내쉬었다. 대충 상황 파악이 되었다.

"너 그 인형 모자 쓰고 여기까지 온 거야?"

"응. 오빠가 밖에 몰래 다니려면 분장 잘 하라며."

"그게 분장이냐? 더 의심스럽잖아. 하아."

승호가 침대에 널브러져 있던 핸드폰을 주워 들었다. 탁! 신지혜가 서둘러 핸드폰을 뺏어갔다.

"전화 금지."

시종일관 장난기 가득하던 승호의 표정이 진지해졌다.

"사고뭉치인 내가 너한테 할 말은 없다만, 너 요즘 왜 그러는 건데?"

"왜? 내가 뭐?"

"몇 년 전만 하더라도 말도 잘 듣고 참 귀여운 동생이었는데 말이지."

승호가 옛 기억을 더듬었다. 어렸을 적의 신지혜는 조금 어려운 스타일이긴 해도 이 정도까진 아니었다. 착하고 귀여워 바쁜 활동에 지친 갓 보이스 멤버들의 활력소가 되어주던 여동생 같은 존재였다.

승호가 가만히 팔짱을 꼈다.

"생긴 건 참하게 생겼는데, 누굴 닮아 그러냐? 송지유?"

"……."

신지혜의 입이 삐죽거렸다. 순간, 승호는 아차 싶었다. 김현우 대표나 송지유는 신지혜에겐 깊은 상처였다. 2년 전 그 사건은 어렸던 신지혜에게 많은 변화를 주었다. 승호도 이를 모를 리가 없었다.

"우리 집에서 적당히 놀다가 회사로 가자. 내가 연락해 줄 테니까. 생방 끝나고 바로 왔으면 저녁 안 먹었겠네. 뭐 해줄까? 파스타? 너 토마토 파스타 좋아하잖아."

승호가 허리를 짚으며 침대에서 일어났다. 1년 전 일본 공연에서 허리를 다친 이후 치료 중에 있는 승호였다.

신지혜가 걱정스러운 표정을 했다.

"많이 아파?"

"괜찮아. 나 승호다. 한 손으로 팔굽혀펴기 100개 가능한 남자. 아, 지금은 허리 때문에 50개."

승호의 허세에 신지혜가 픽, 웃었다. 승호가 반색을 했다.

"웃으니까 훨씬 예쁘네. 좋아. 어렸을 적 샤방샤방했던 그 신지혜다. 악! 왜 때려?"

승호가 등짝을 부여잡았다. 자그마한 게 손은 참 매웠다.

"작업 멘트 금지. 닭살 돋으니까."

"인마. 친동생한테 작업 멘트는 무슨. 그냥 타고난 매력이지, 매력. 하하."

"하여간 진지함이라곤 하나도 없지."

"나한테 뭘 바라냐? 나 승호다."

*   *   *

"파마산 가루 얼만큼 뿌려줄까요? 신지혜 어린이?"

앞치마 차림의 승호가 토마토 파스타가 담긴 그릇을 식탁 위에 내려놓으며 물었다. 신지혜가 인상을 구겼다.

"내 말투 따라하지 마."

"네네. 그럼 파마산 통을 돌려볼까요? 돌려! 돌려! 가루통!"

승호의 콧소리에 신지혜가 헛웃음을 지었다. 그러다 홱, 승호를 째려보았다. 승호가 움찔거렸다.

"좋아. 여기까지. 이제 먹자."

서로를 마주한 채 늦은 저녁 식사가 시작되었다.

"어때?"

승호가 물었다. 신지혜가 포크를 내려놓았다.

"승호 파스타 맛이야."

"야. 맛있다고 좀 해주면 안 되냐?"

"맛있다고."

신지혜가 퉁명스럽게 대답을 했다.

"이제 엎드려 절 받기도 지쳤다. 나중에 널 만날 놈이 누군지는 몰라도 둘 중에 하나야. 너보다 더 어려운 인간이거나 아니면 보살이거나."

승호가 혀를 내둘렀다.

"오빠도 마찬가지야. 어떤 여자가 오빠를 만날지는 몰라도 진짜 내가 잘해줘야지. 에휴."

"내가 왜?"

"천하의 바람둥이니까."

"이제 은퇴했다. 그러니까 이 시간에 꼬맹이랑 파스타나 먹고 있지."

신지혜가 포크를 들었다.

"워워. 그거 내려놔."

"……."

"옳지. 참, 너 큰형님한테는 여기 있다고 연락했냐?"

승호가 신현우를 거론했다. 신지혜가 고개를 끄덕거렸다.

"응."

"그럼 다행이네. 회사로 가기 싫으면 저녁 먹고 바로 집으로 가자."

승호의 말에 신지혜가 고개를 저었다. 승호가 포크를 내려놓았다.

"집에도 안 가면?"

"나 갈 데 있어."

"네가 여기 말고 어디 갈 데가 있냐?"

신지혜가 빤히 승호를 쳐다보았다.

"오빠."

"어, 어?"

승호가 당황해했다. 오빠라는 소리는 처음 들어보는 승호였다. 뭐랄까, 왠지 감격스러웠다.

"역시 자고로 맛있는 음식 앞에서 너도 한낱 소녀란 말인가."

"뭐래? 사실 나 부탁 있어."

"부탁? 네가?"

오빠라는 호칭도 그렇지만 부탁을 해오는 적도 이번이 처음이었다.

"무슨 부탁인데? 여자 만나지 말라는 부탁만 아니면 다 들어준다."

"……"

신지혜가 포크를 내려놓았다. 그리고 두 눈동자에 서서히 눈물이 고이기 시작했다. 장난기 넘치던 승호의 표정이 날카로워졌다.

"무슨 일인데? 누가 괴롭혔어? 어떤 새끼냐? 아님 넌이야?"

신지혜가 고개를 저었다.

"아니, 그런 사람 없어. 누가 날 괴롭혀? 다들 내 눈치만 보는데."

"……"

"요즘 못되게 굴어서 미안해."

신지혜가 소매로 눈물을 훔쳤다.

"……"

승호가 무거운 표정을 했다. 사춘기에 접어든 소녀였다. 그리고 많은 대중의 관심을 받고 있는 연예인이기도 했다. 신지혜의 어깨가 무거울 법도 했다.

"괜찮아. 나도 그렇고 어울림 식구들도 다 이해하고 있으니까. 다만 네가 엇나가지를 않길 바랄 뿐이지."

"있잖아. 오늘 시청자 한 분이랑 통화를 했는데, 좋은 이야기를 해주셨어. 그래서 나도 그렇게 하고 싶어."

"그렇게 하고 싶은 게 뭔데? 말해 봐."

"나 미국에 가고 싶어. 오빠가 나 미국으로 데려다줄 수 있어?"

"……!"

승호가 그대로 굳어버렸다. 신지혜가 눈물을 글썽였다.

"나 삼촌이랑 지유 언니가 보고 싶어… 오빠가 나 좀 데려다줘. 응?"

"후우."

승호의 표정이 복잡함으로 물들었다.

승호도 어울림과 CV 간의 알력 다툼, 그리고 현우와 송지유가 미국으로 떠나야 했던 복잡한 이유를 알고 있었다. 어른들의 싸움은 아직도 그림자 밑에서 치열하게 진행 중이었다. 다만 수면으로 드러나지 않았을 뿐이었다.

"……"

승호가 가만히 두 눈을 감았다. 소속사인 JG도 CV와 엮여 있는 게 많았다. 그리고 당장 내일 신지혜도 생방송 스케줄이 있었다. 여러모로 복잡했다.

승호가 눈을 뜨고는 물끄러미 신지혜를 쳐다보았다. 아직은 이해관계 같은 것들은 전혀 알지 못할 나이였다. 그래서 더 신지혜가 가여웠다.

"에라, 모르겠다."

"오빠?"

신지혜의 표정이 밝아졌다.

"그래. 미국 가자."

"승호 오빠!"

신지혜가 승호에게로 달려들어 방방 뛰었다.

"야! 허리! 허리!"

"미, 미안! 와~ 바람둥이도 쓸모가 있다니!"

"야? 너 말이 좀 그렇다? 너 내가 왜 바람둥이인지 알아? 착해서 그런 거야. 치명적인 매력 때문에 오는 여자를 거절 못하는 거거든?"

"그래. 그렇다고 쳐줄게."

"뭐냐? 그 한심하다는 눈빛?"

"들켰어?"

"딸내미 키워봐야 소용없다더니."

"뭐래?"

"그건 그렇고 대신 조건이 있어."

"조건?"

들떠 있던 신지혜가 금방 시무룩해졌다. 승호가 신지혜를 다시 자리에 앉혔다. 그리고는 양어깨를 잡고는 신지혜를 내려다보았다.

"지금 나랑 어울림으로 가서 손 대표님한테 허락을 받고 가는 거야."

"태명 삼촌은 분명히 안 된다고 할걸? 지금까지 늘 그래왔어."

"아니, 네가 이 정도로 힘들어하고 있었다는 걸 안다면 미국으로 보내주실 거야. 내가 장담한다. 그리고 무적의 승호가 있잖아. 내가 바로 설득 가능하지."

"정말?"

"그래. 그리고 내일 생방송 진행하고 이틀 쉬니까 그때 다녀오는 거야. 어때? 네 시청자들도 생각해야지."

승호의 설득에 신지혜가 흔들리기 시작했다.

"정말이지? 미국으로 데려다줄 수 있지?"

"당연하지."

"…알았어."

신지혜가 꼬리를 내렸다. 승호가 신지혜의 머리로 손을 척, 올렸다.

"그래. 간만에 착했다. 그리고 이제 이 모자 벗자."

"응."

승호가 조심조심 턱 부분의 단추를 풀었다. 그러고는 고양이 인형 모자를 벗겼다.

"그리고 앞으로 속상한 일 있으면 나한테 바로 이야기하고. 이런거 뒤집어 쓰고 숨지 말자."

"응."

승호가 작게 웃고는 빈 파스타 접시를 치우기 시작했다. 승호의 넓은 등을 바라보고 있던 신지혜가 조용히 입을 열었다.

"승호 오빠."

"어, 왜?"

"오빠는 군대 안 가서 다행이야."

"그래? 넌 좋겠지만 우리나라 입장에서는 군 전력에 큰 손실이었을 거다. 나 특전사 가려고 했거든. 너희 회사 고 실장님이 북파공작원 출신이라는 소문이 있잖아. 하아. 어울림에 밀리면 안 되는 건데."

승호 특유의 허세에도 이번에는 신지혜가 웃어주었다.

"민우 오빠랑 다른 오빠들이 군대 갔을 때는 속상했거든? 그런데 오빠라도 있어서 참 좋아."

신지혜가 투 킬과 더블 J, 휘를 언급했다. 승호가 몸을 돌렸다.

"자, 그럼 여기서 좋아하는 오빠 순위 한번 가자. 1위가 민우였지? 난 저번에 꼴등이었나? 오늘은 몇 등이냐? 휘, 그 자식만 이겨도 소원이 없겠는데."

"음. 오늘부터 오빠가 1등!"

"진짜? 내가 민우를 이겨? 나이스! 그런 의미에서 이술 소개 가능?"

승호의 제안에 신지혜가 가만히 자리에서 일어났다. 그리고 다시 포크를 집어 들었다.

"우리 솔이 언니는 건드리지 마! 그냥 죽어! 이 바람둥이야!"

"내려놔! 농담이야! 농담!"

*   *   *

빨간색 스포츠카가 양화대교 위를 달리고 있었다. 승호가 조수석에 앉아 있는 신지혜를 바라보았다. 신지혜는 창밖에 시선을 고정한 채였다.

"거기 열어봐. 너 좋아하는 젤리 있다."

"나 이제 젤리 안 먹거든? 끊었어."

"그래? 그럼 뭘 사다 놓아야 되냐?"

"내가 애야?"

"다 컸다 이건가?"

운전대를 잡은 채로 승호가 머쓱하게 웃었다. 그사이 양화대교를 지나 스포츠카가 연남동 근처로 들어섰다.

신지혜가 품에 안고 있던 고양이 인형 모자를 주섬주섬 착용하기 시작했다.

"갑자기 그건 또 왜 쓰냐?"

"……."

"혼날까 봐?"

"응."

신지혜가 작은 목소리로 대답을 했다.

"하긴… 귀엽긴, 귀엽다. 회초리 맞을 거 꿀밤으로 끝날 수도 있겠네."

"천천히 좀 가면 안 돼?"

"내 차가 워낙 좋은 걸 어떻게 하냐?"

"아우. 진짜."

승호의 너스레에 신지혜도 더 이상 할 말이 없었다. 마침내 스포츠카가 어울림 본사 앞에 세워졌다. 먼저 내린 승호가 조수석 문을 열어주었다.

"가자."

신지혜가 머뭇거리며 차에서 내렸다. 승호가 앞장을 섰다. 그리고 그 뒤를 신지혜가 따랐다.

승호와 신지혜가 임시 대표실 앞에 멈추어 있었다.

"들어가자니까?"

"오빠가 다 막아줄 거지? 응?"

"그래. 디스크 환자가 다 막아줄게. 됐냐?"

"씨이~"

"씨이? 나 그냥 간다?"

"아! 미안! 오빠!"

신지혜가 승호의 소매를 잡고 놓아주지 않았다.

"그럼 들어간다."

똑똑. 승호가 문을 두들겼다. 그러고는 임시 대표실의 문을 열었다. 문이 열리며 어울림 임직원들의 모습이 보였다.

승호가 임시 대표실 안으로 발을 내디뎠다. 승호의 등 뒤에서 신지혜가 상황을 엿보고 있었다.

"다들 계셨네요. 지혜 데리고 왔습니다."

승호가 꾸벅 인사를 하며 말을 했다. 손태명이 물끄러미 승호의 등 뒤에 숨어 있는 신지혜를 쳐다보았다.

"신지혜, 다 보이니까 나와."

"삼촌? 안녕?"

신지혜가 승호의 등 뒤에서 나오며 어색하게 웃었다. 손태명이 한숨을 내쉬었다.

"안녕? 네가 보기에는 우리들이 안녕해 보여? 지윤이가 너

납치된 거 같다고 얼마나 울었는지 알아?"

신지혜의 시선이 백지윤에게로 향했다. 눈이며 코며 전부 새빨개져 있었다. 그러다 김철용과 눈이 마주쳤다.

"너, 나한테 왜 그러냐? 대체!"

"미안, 철용 삼촌. 이제 안 그럴게."

"너 유희 누님한테 다 말할 거다."

"아! 그건 안 돼! 삼촌!"

연기 스승 서유희를 거론하자 신지혜가 빽 소리를 질렀다. 이내 신지혜가 얌전해졌다. 그러고는 손가락을 꾸물거렸다.

"태명 삼촌, 나 부탁이 있어. 부탁 들어주면 앞으로 말 잘 들을게. 사고도 안 치고, 응?"

"일단 들어나 보자."

"미국 보내줘."

"미국?"

"응. 내일 생방 진행하고 미국 다녀오고 싶어. 현우 삼촌이랑 지유 언니 하루만 만나고 올게."

"……"

손태명이 안경을 고쳐 쓰며 생각에 잠겼다.

"안 돼."

"……!"

신지혜가 입술을 깨물었다. 금방이라도 눈물이 터질 것 같은 분위기였다.

"왜! 왜 안 되는데!"

신지혜가 소리를 지르며 홱 소파에 주저앉았다. 그러고는 얼굴을 묻었다.

이러지도 저러지도 못하고 있던 승호가 신지혜의 등을 콕콕, 찔렀다.

"지혜야."

"왜! 건드리지 마!"

"미국은 못 가겠는데?"

"도와준다며? 다시 꼴등이나 해! 이 바보야!"

"야! 하루도 안 돼서 다시 꼴등이야? 내가 꼴뚜기냐? 꼴등하게?"

"차라리 꼴뚜기가 낫지."

"신지혜, 너 많이 컸다? 예의 있게 못 해?"

어디선가 들려오는 익숙한 목소리에 신지혜가 멈칫거렸다.

"왜 보자마자 혼을 내?"

또 익숙한 목소리가 들려왔다. 들썩이던 신지혜의 등이 완전히 굳어버렸다.

"다른 건 모르겠고 버릇없는 꼴은 못 보겠어요."

"너도 예전에는 만만치 않았다."

"내가요?"

"그래. 왕년의 송지유에 비하면 저 정도는 애교지. 그치, 지혜야?"

따듯한 목소리에 신지혜가 고개를 들었다. 현우가 신지혜를 보며 특유의 미소를 짓고 있었다. 송지유는 특유의 차가운 분위기로 엄한 표정을 짓고 있었다.

"사, 삼촌? 지유… 언니?"

꿈인가 싶어 신지혜가 눈을 비볐다. 승호가 그런 신지혜를 보며 참던 웃음을 터뜨렸다.

"하하!"

"삼촌이랑 언니 한국에 온 거 알고 있었지?"

"아마도?"

"야!"

신지혜가 빽, 소리를 질렀다.

또각또각, 송지유가 신지혜에게 걸어왔다. 그러고는 팔짱을 낀 채로 신지혜를 내려다보았다.

"선배님한테 말버릇이 그게 뭐야? 너 진짜 언니한테 혼나고 싶어?"

"언니?"

신지혜가 눈물을 글썽였다. 보자마자 엄격하게 혼을 내는 탓에 서러웠기 때문이다.

엄한 표정을 짓고 있던 송지유가 손을 뻗어 신지혜의 눈가를 어루만졌다.

그리고 마침내 따스하게 웃어주었다.

"예쁘게 잘 컸네, 우리 지혜."

"언니!"

신지혜가 송지유를 끌어안았다. 송지유가 말없이 서서 신지
혜의 등을 토닥여 주었다.

*　　　*　　　*

"……"

현우가 물끄러미 어울림 신사옥을 올려다보고 있었다. 시간
이 늦었음에도 거대한 신사옥이 압도적인 위용을 뽐내고 있
었다.

"어떠냐? 감회가 새롭지?"

"감회?"

현우가 웃기만 했다. 손태명이 그런 현우의 어깨를 툭, 쳤다.

"너랑 지유가 세운 거나 다름없는 건물이잖아."

"섭섭한 소리 하지 마. 너도 고생했고, 우리 어울림 가족들
도 똑같이 고생해서 함께 올린 신사옥이야."

"겸손은."

그렇게 말하며 손태명이 길게 숨을 내뱉었다. 현우가 그런

손태명을 살펴보았다. 얼굴 가득 안도감이 서려 있었다.

손태명이 안경을 고쳐 쓰며 나지막하게 입을 열었다.

"2년 전에 네가 지유를 따라서 미국으로 갔을 때만 해도 솔직히 너 원망 많이 했다."

"그랬겠지."

현우가 쓴웃음을 머금었다. 지난 2년간 어울림을 이끌어오며 숱한 고생을 겪은 손태명이었다. 현우는 진심으로 손태명에게 고맙고, 또 미안했다.

"그런데 대표라는 거 말이야. 막상 해보니까 쉬운 게 아니더라. 어쩌면 널 이해할 수 있을 것도 같아."

그렇게 말하곤 손태명이 현우에게 손을 내밀었다. 현우가 피식 웃으며 손을 마주 잡았다.

"잘 돌아왔다, 김현우 대표."

"그동안 수고했다, 손태명 실장."

"뭐야? 2년 동안 고생이란 고생은 다 했는데 아직도 실장이냐? 적어도 사장 자리는 줘야지! 자식아!"

"아, 그런가?"

"감 잃었냐? 미국에서 편하게 지냈나 본데?"

손태명이 현우의 어깨를 툭툭, 치며 장난을 쳤다. 친구의 투정에 현우는 소리 없이 웃기만 했다.

"둘이 꽁냥꽁냥 살판 났어요?"

송지유의 목소리가 들려왔다.

현우와 손태명의 고개가 어울림 본사 쪽으로 돌아갔다. 송지유와 신지혜가 나란히 손을 잡고 걸어오고 있었다. 그 뒤에는 승호가 보였다.

현우의 입가에 절로 미소가 지어졌다.

"감격의 재회는 다 끝났어?"

"응! 삼촌!"

신지혜가 다다다 달려와 현우에게도 안겼다. 그러고는 어리광을 부리기 시작했다. 현우가 손태명을 쳐다보며 하하 웃었다.

"사고뭉치 다 됐다면서? 전혀 아닌데?"

"다 너랑 지유 때문이었잖아, 이 자식아. 안 그래? 승호야?"

"네 뭐. 하마터면 제2의 승호 될 뻔했죠. 어울림 사람들도 그렇고 저희도 고생 많이 했습니다."

승호가 혀를 내둘렀다. 송지유가 그런 승호를 홱, 노려보았다. 승호가 움찔했다.

"제2의 승호 선배님은 좀 심하지 않아요?"

"어, 어? 맞지. 근데 나 그렇게까지 쓰레기는 아닌데?"

"그래서 우리 순진한 솔이 소개해 달라고 하셨어요?"

"어? 신지혜, 그걸 또 일렀냐?"

"메롱이다!"

신지혜가 현우의 등 뒤에 숨어서 약을 올렸다.

승호가 식은땀을 흘렸다. 활동 시기가 겹친 적이 거의 없긴 했지만, 송지유는 가요계 선배들도 어려워할 만큼 끝판왕이라 불리는 존재였다. 승호가 눈도 못 마주칠 정도였다.

"뭐 바람둥이 생활 청산하시면 고려는 해볼게요."

"어, 어? 진짜?"

"아뇨."

송지유가 생긋 웃으며 말했다.

"방금 농담한 거 맞죠?"

승호가 황당한 얼굴로 현우를 쳐다보았다. 2년 사이에 변한 건 신지혜가 아니라 송지유 같았다. 쌀쌀맞고 날이 서 있던 송지유가 그리 친하지도 않은데 농담까지 할 정도로 변해 있었다.

"철 좀 들었지."

현우가 송지유를 쳐다보며 말했다.

"그래요?"

"응. 그러니까 이제 오빠만 철들면 될 것 같아."

신지혜의 묵직한 한 방에 승호가 머리를 긁적였다. 틀린 말이 아니었기 때문이었다. 그러다 문득 생각이 난 승호가 다시 입을 열었다.

"그럼 이제 현우 형님이랑 지유 후배님, 둘 다 한국으로 복귀하시는 겁니까?"

승호의 질문에 신지혜도 초조한 얼굴로 귀를 기울였다. 현우가 신지혜의 머리를 쓰다듬으며 입술을 떼었다.

"이제 돌아와야지. 그동안 태명이도 그렇고, 우리 식구들이 고생들이 많았으니까."

"예? 정말요?!"

승호가 화들짝 놀랐다. 신지혜를 보기 위해 잠시 한국을 들른 것으로 이해를 하고 있었던 승호였다.

"뭘 그렇게 놀라?"

"이제 괜찮으십니까?"

짧은 말이었지만 많은 의미가 담겨 있었다. 현우가 천천히 고개를 끄덕였다. 승호의 표정이 대번에 풀어졌다.

"아직은 비밀이죠, 현우 형님?"

"비밀 지켜주면 고맙지. 준비한 것들도 있고, 준비할 것들도 제법 있거든."

"입 다물고 있죠. 뭐. 그나저나 우리 회사 꼰대들, 요즘 발 뻗고 잘 자는 것 같던데 큰일 났네요."

승호가 고소하다는 얼굴을 했다. 현우와 송지유가 한국 연예계로 복귀를 한다는 소식이 알려지면 연예계에 한바탕 난리가 날 것이 분명했다.

승호가 신지혜를 쳐다보며 고개를 내저었다. 아까 전까지만 하더라도 어미 잃은 아기 고양이 같더니 이제는 기세가 등등했다.

"신지혜는 이제 살판 나겠네."

"이미 살판 났거든?"

"신지혜, 저거 조심하세요. 아주 악동 중에서도 최상급 악동이니까요."

"내가 언제?!"

신지혜가 항변을 했다. 아무것도 모른다는 듯 억울한 표정에 승호가 황당해했다.

"너 연기하지 마라? 연기자가 이런 상황에서 연기하면 반칙이지!"

"연기 아니거든!"

"후우. 아무튼 이제 말 잘 듣고 사고 치지 말고."

"자꾸 이럴 거야? 아까 세정이랑 누구더라?"

여자 연예인의 이름을 언급하자 승호의 얼굴이 파래졌다.

"거기까지. 내가 미안. 그럼 저는 이쯤에서 빠지겠습니다. 어울림 사람들끼리 회포 좀 풀어야죠."

"그래. 오늘 고마웠다. 조만간 큰형님이랑 모여서 한잔하자."

"언제든지요."

승호가 쾌활하게 웃으며 신지혜를 쳐다보았다.

"간다, 꼬맹이."

한껏 허세가 실린 목소리에 신지혜가 얼굴을 구겼다.

그사이 승호가 어울림 본사 앞에 세워져 있던 스포츠카로 올라탔다.

"난 이제 본 척도 안 하냐."

신지혜가 현우와 송지유 옆에 꼭 달라붙어 있었다. 왠지 섭섭한 느낌이 들었다. 운전대를 잡고는 승호가 도무지 떠날 생각을 하지 않고 있었다.

시동을 걸려는 찰나 신지혜가 다가왔다.

"왜?"

"삼촌이 양철나무꾼이 섭섭해한다고 가보래."

"양철나무꾼? 내가?"

"몰라. 그렇대."

"내가 왜 양철나무꾼이야? 무적의 쾌남 승호지."

퉁명스러운 말투였지만 승호의 입가엔 작은 미소가 걸려 있었다. 갑자기 신지혜가 꾸벅, 고개를 숙였다.

"오늘 여러모로 신경 써주셔서 감사합니다."

"엥? 갑자기 존대냐? 닭살 돋게?"

"그냥 고마워서?"

"알면 됐다. 고마우면 다음 주에 나랑 애들 면회나 가자. 콜?"

"콜! 그리고 나 내일 애들이랑 놀러가도 되지? 토마토 파스타 해줘."

"그래. 와."

신지혜와 승호가 서로를 마주보며 웃었다. 그러다 승호가 머리를 긁적였다.

"근데 뭐 하나 물어봐도 되나?"

"응. 뭔데?"

"네 성격에 친구는 있냐?"

"……"

승호의 기습 공격에 신지혜의 얼굴이 벌게졌다. 그리고 미처 붙잡을 새도 없이 빨간색 스포츠카가 빠르게 도망을 치기 시작했다.

*   *   *

이른 아침, 어울림 3층 사무실로 현우와 송지유가 모습을 드러내었다.

"……"

현우가 물끄러미 굳게 닫혀 있는 문을 바라보고 있었다. 그런 현우를 송지유가 조용히 지켜만 보고 있었다.

생각에 잠겨 있던 현우가 문고리를 잡았다. 딸깍, 문고리가 돌아가며 문이 열렸다. 현우가 말없이 걸음을 옮겼다.

익숙한 내음, 익숙한 정경이 2년 전 그 여느 날처럼 현우를 기다리고 있었다. 책상도 의자도 소파도 모두 그날의 모습 그대로였다.

책상 위에는 여전히 '대표 김현우'라는 명패도 놓여 있었다. 현우가 걸음을 옮겨 미니 냉장고를 열어보았다.

미니 냉장고 안으로 현우가 좋아하던 캔 맥주들이 가지런하게 정리가 되어 있었다. 절로 피식 웃음이 나왔다.

딱! 캔 맥주 하나를 집어 들고는 현우가 대표실 의자로 앉았다. 송지유도 늘 그랬듯 맞은편 소파로 앉고는 다리를 꼬았다.

눈이 마주치자 두 사람 다 웃음이 나왔다.

"왜 웃어요? 진지한 거 아니었어요?"

"그냥 웃겨서? 2년 전이나 지금이나 똑같잖아. 나도 여기에 앉아 있고 너도 그 자리에 앉아 있고."

"이것도 그대로 있네요?"

송지유가 소파 옆 바구니에서 뜨개질 도구들을 꺼내 들었다. 현우가 또 하하 웃었다.

"하여간 다들 절대 보내줄 생각은 없었어. 그치?"

"그러네요."

송지유가 생각에 잠겨 대표실 내부를 둘러보았다. 모든 것들이 2년 전 그대로였다.

"마음 돌려줘서 고맙다, 지유야."

문득 들려오는 목소리에 송지유의 고개가 돌아갔다. 그리고 현우와 눈을 맞추며 따듯한 미소를 머금었다.

"양철나무꾼이랑 사자 덕분에 도로시가 집으로 온 거예요. 난 한 거 없어요."

"그래? 송지유, 이제 어른 다 됐는데?"

"23살이면 나도 이제 먹을 만큼 먹었으니까요."

송지유가 밝게 웃으며 말했다. 현우가 흐뭇한 표정으로 고개를 끄덕였다.

그때였다. 텅 비어 있던 어울림 3층 사무실로 인기척들이 느껴지기 시작했다.

"슬슬 출근들 하는 모양인데? 좀 놀래켜 줄까?"

"응. 그럴래요."

"오케이."

현우가 의자에서 일어나 대표실 창문에 걸려 있는 블라인드를 쳐버렸다.

*　　　*　　　*

한편, 어울림 본사에 하나둘 임직원들이 모습을 드러내었다. 어젯밤 현우와 송지유가 돌아온 것을 알고 있는 김철용과 백지윤만이 굳게 닫혀 있는 대표실 문을 보고는 서로 눈빛을 주고받을 뿐이었다.

"저희 왔습니다!"

"……"

최영진과 고석훈이 3층 사무실로 모습을 드러내었다. 사무실로 올라온 최영진이 가장 먼저 손태명부터 찾았다. 임시 대표실 문이 열린 채로 텅 비어 있었다.

"태명 형님은요?"

"오늘 좀 늦게 출근하신다고 했어요, 최 실장님."

"그래요, 혜은 씨? 바로 결재받아야 할 거 있는데. 선미 씨가 대신 해줘요."

"아뇨, 형님. 대표실로 가시죠."

유선미가 미처 대답할 새도 없이 김철용이 최영진의 팔을 붙잡았다. 최영진이 아무 생각도 없이 김철용을 따라 대표실 문을 열었다.

기다리고 있던 현우가 자연스레 입을 열었다.

"영진이, 결재받으러 왔냐?"

"네, 현우 형님. …예?!"

"……!"

최영진이 입을 크게 벌리며 서류들을 떨어뜨렸다. 고석훈도 놀라긴 마찬가지였다. 석상처럼 굳어서 현우와 송지유를 번갈

아 쳐다보았다. 뒤이어 유선미와 이혜은도 급히 대표실로 뛰어
왔다.

"대표님?"

"대표님!"

유선미와 이혜은이 현우를 발견하고는 동시에 소리를 내질
렀다. 최영진이 두 눈을 비벼댔다.

"아, 아니! 형님이랑 지유가 여기서 왜 나와요?! 예?!"

"어제 귀국하셨어요, 영진 형님."

김철용의 말에 최영진의 입가로 함박 미소가 지어졌다. 현
우도 자리에서 일어났다. 최영진이 아무 말없이 걸어가 현우
를 껴안았다.

"형님!"

"잘 지냈냐?"

"그럼요!"

"며칠 전에도 통화했잖아요. 누가 보면 이산가족인 줄 알겠
어."

송지유가 한숨을 내쉬었다.

김태식과 손 부인의 브로맨스도 유명했지만 최영진과의 브
로맨스도 만만치가 않았다. 그래서인지 한국으로 귀국을 하자
마자 손태명과 최영진한테 현우를 빼앗길 것 같은 불안한 예
감이 들었다.

최영진과 회포를 푼 현우가 이번에는 고석훈과 마주했다. 여전히 무뚝뚝해 보였지만 고석훈도 변함이 없어 보였다.

"석훈이도 좀 보자."

"잘 오셨습니다."

"그래."

현우가 고석훈과도 짧게 포옹을 나누었다. 그러고는 유선미와 이혜은을 살펴보았다.

"잘들 지냈죠?"

"네, 대표님. 건강해 보이셔서 다행이에요."

"잘 오셨어요. 저 더 예뻐졌죠?"

"네. 선미 씨도 건강해 보여서 좋습니다. 혜은 씨는 여전히 예쁘시고."

현우가 빙그레 웃으며 말했다. 그리고 마지막으로 현우의 시선이 백지윤에게로 향했다.

"새로 뽑은 매니저가 지윤 씨죠?"

"어? 네! 제 이름도 아세요?"

백지윤이 황망해했다. 어젯밤에도 보기는 했지만 신지혜 가출 소동 때문에 미처 경황이 없었다.

"김현우입니다. 늦었지만 우리 식구가 된 것을 환영해요."

"송지유입니다. 앞으로 잘 부탁드릴게요."

"네, 네? 네!"

백지윤이 주춤 뒷걸음질을 쳤다. 김현우도 그렇고 송지유도 백지윤에겐 전설 속에서나 존재하는 그런 존재들이었다. 워낙에 유명했고 대단했기 때문이었다.

"지윤아, 실제로 보니까 어때?"

마침 출근을 한 손태명이 대표실로 들어오며 물었다. 백지윤이 얼떨떨한 얼굴로 입을 열었다.

"김현우 대표님은 TV에서 보던 것보다 훨씬 멋있으신 거 같아요. 그리고 지유 씨는 …사람 맞아요? 비현실적으로 생겨서 사람 같지가 않아요."

백지윤이 송지유를 보며 몽롱한 표정을 했다. 송지유가 살짝 웃었다.

"고마워요. 우리 잘 지내요. 지혜 때문에 고생 많으시다고 들었어요. 지혜는 제가 책임지고 가르칠게요."

"네? 네! 감사합니다."

그때였다. 어울림 3층 사무실이 다시 북적거리기 시작했다. 최영진이 흐흐, 웃기 시작했다.

"애들 오는 모양인데요?"

"그래?"

현우의 얼굴에 반가운 기색이 어렸다. 송지유도 마찬가지였다.

한편, 텅 비어 있는 사무실로 드림걸즈와 이제는 '전국소녀'

라는 그룹으로 활동을 하고 있는 다섯 명의 멤버들이 나타났
다.

"뭐야? 다들 어디 갔어?"

"우리 빼고 뭐 먹으러 간 거 아니에요?"

엘시와 유나가 텅 비어 있는 사무실을 둘러보고 말들을 내
뱉었다.

"선배님, 먹을 거 냄새는 안 나는데요?"

배하나가 코를 찡긋하며 말했다. 엘시가 이솔의 어깨에 팔
을 올리며 입을 열었다.

"솔이 네가 영진 오빠한테 전화 좀 해봐."

"네. 제가 해볼게요."

이솔이 최영진에게 전화를 걸었다. 구석 대표실에서 핸드폰
벨소리가 울리기 시작했다. 엘시가 씩 웃었다.

"대표실에 숨어 있다? 가자! 얘들아! 진격!"

배하나와 이지수를 선두로 우르르, 대표실 쪽으로 달려갔
다. 벌컥! 이지수가 힘차게 대표실 문을 열었다.

"어? 어!"

이지수가 눈을 동그랗게 떴다. 뒤이어 들어온 배하나가 입
을 멍하니 벌렸다.

"왜? 진짜 뭐 먹고 있었어?"

뒤늦게 대표실로 들어온 엘시가 이지수와 배하나 사이를

헤치고 얼굴을 들이밀었다. 그러다 송지유와 딱, 눈이 마주쳤다.

"하이? 헬로우? 안녕?"

송지유가 살랑살랑, 엘시처럼 손을 흔들었다. 엘시가 두 눈을 한껏 찌푸렸다. 뜻밖의 상황에 너무 놀랐기 때문이었다.

"소, 송지유?!"

"오랜만이에요, 다연 언니."

"나는 안 보이냐?"

현우가 웃으며 말을 걸었다. 엘시를 비롯해 드림걸즈 멤버들과 전국소녀 멤버들의 시선이 일제히 현우에게로 향했다.

"꺄아악!"

유나가 기쁨의 비명을 질러댔다. 그리고 유나를 시작으로 다들 꺅꺅, 비명들을 지르며 난리가 나버렸다.

"안녕하세요."

오직 이솔만이 꾸벅, 고개를 숙일 뿐이었다. 그리고 이솔의 눈동자로 눈물이 그렁그렁 고이기 시작했다. 이솔에 이어 김수정과 유지연의 눈동자에도 눈물이 고이기 시작했다.

단체로 울음을 터뜨릴 기미가 보이자 현우가 아연실색하며 손사래를 쳤다.

"잠깐만, 다들 울지 마. 나 우는 거 싫다?"

현우의 만류에도 소용이 없었다. 순식간에 대표실이 눈물

바다가 되어버렸다. 뭐라 말을 꺼내려는 현우의 소매를 송지유가 잡고 흔들었다.

"기쁨의 눈물이잖아요. 그냥 둬요."

"……"

그래도 미안한 마음은 어쩔 수가 없었다. 현우가 한숨을 삼키며 드림걸즈와 전국소녀 멤버들을 쳐다보기만 했다.

그렇게 얼마나 시간이 지났을까. 하나둘 어느 정도 진정이 되기 시작했다.

현우가 천천히 드림걸즈 멤버들과 전국소녀 멤버들을 둘러보았다. 엘시와 드림걸즈 멤버들도 그렇고 전국소녀 멤버들도 꽤 오랜만에 보는 얼굴들이었다.

"다연이랑 우리 드림걸즈 친구들은 여전한 것 같고, 솔이랑 다들 많이들 컸네. 이제 아가씨들이 다 됐어."

정말로 그랬다. 19살이 된 이솔을 제외하곤 다들 20살 성인이 된 멤버들이었다. 성숙한 느낌이 물씬 풍겼다.

"하나가 요즘 인기가 많다며?"

"네! 히히."

현우가 배하나를 보며 흐뭇한 표정을 했다.

젖살이 통통하고 덩치만 컸던 배하나는 요 근래 '핫 바디'라 불리며 엄청난 인기몰이를 하고 있었다.

다른 멤버들의 인기도 하늘을 찌르고 있었지만, 특히 여신으로 불리며 어울림의 간판스타라고까지 불릴 정도였다.

"그래도 아기 같은 건 여전해요, 쟤."

"그래? 하하."

유지연의 부가 설명에 현우가 크게 웃었다.

"자, 그럼 간만에 월초 회의 어때?"

현우의 제안에 다들 표정들이 밝아졌다. 현우가 송지유와 함께 미국으로 떠난 후부터 월초 회의는 중단이 된 상태였다.

"좋죠! 해요! 오늘 오랜만에 우리 어울림 식구들 다 모여봅 시다!"

최영진이 신이 나서 소리쳤다.

"끝나고 회식도 해요! 이제 저희도 술 마실 수 있으니까 술 사주세요! 대표님!"

"술! 술! 술!"

김수정과 이지수가 현우를 졸라댔다.

"그렇지. 오늘 같은 날은 한잔 안 하면 섭섭하지."

엘시도 힘을 보태고 있었다. 다들 들떠 있는 모습에 현우가 하하 웃으며 고개를 끄덕거렸다.

4장

여왕의 귀환

［‘Galaxy Wars’ 다음 달 중순에 전 세계 동시 개봉! 드디어 스핀오프 시리즈로 돌아온다!]

［이번 상반기 초 기대작 ‘Galaxy Wars: Jedi The Beginning’ 개봉 임박! 주연배우들 아시아 투어 나선다!]

［‘Galaxy Wars’ 주연배우 송지유, 2년 만에 드디어 한국 방문하나?]

［메키스 필름, ‘Galaxy Wars’ 아스카 고타 역의 주연배우 송지유 내한 여부에 대해서 입장은 밝히지 않아]

한국의 포털 사이트마다 'Galaxy Wars' 개봉과 관련된 기사들이 줄을 잇고 있었다. 그리고 무엇보다 송지유의 내한 여부를 놓고 많은 수의 사람들이 치열하게 갑론을박을 벌이고 있었다.

　―주연배우인데 오지 않을까?

　―안 오지; 그 난리를 쳐댔는데 나 같으면 안 옴

　―그래도 Galaxy Wars가 흥행하려면 한국 와야지.

　―? 위에 분 ㅋㅋ 우리나라에서 흥행 안 할 일도 없지만 흥행 못 했다고 쳐도 미국에서만 봐도 본전 뽑는 게 Galaxy Wars 시리즈임. 뭐 좀 알고 말을 해요; 애국심도 적당히 좀;

　―그래도 송지유가 한국 와줬으면 좋겠다. 할리우드 최초로 한국 배우가 주연인데 ㅋㅋ

　―그 대단한 한국 배우를 니네가 내쫓음. ㅇㅋ?

　―송지유 좀 그냥 두라고; 옛날에 완전 천하의 불여우같이 나쁜 년 만들어놓을 때는 언제고? 이제 와서 할리우드 대작 영화 개봉하니까 태세 전환 보소. ㄹㅇ 역겹다.

　―이제 월드 스타인데 한국을 뭐 하러 오냐? 중국이나 일본 가는 게 훨 이득이지.

　―어울림이랑 김현우를 믿어봅시다!

　―ㅋㅋㅋㅋㅋ 어울림이랑 김현우를 믿어봅시다?? 그래서 2년

전에는 믿었냐? ㅋㅋ

　―진짜 송지유 팬들 빼곤 관련 기사에 댓글 달지 마라. 죽는
다?

　―송지유, 며칠 전에 SNS 계정 활성화해 놓았던데? 다들 ㄱㄱ!

　―가자! 가자!

　―하아. 또 송지유 SNS 가서 난리들 치겠네. 대단하다, 대단
해. 진짜 ㅋㅋㅋ

　―벌써 난리 난 듯 ㅋㅋㅋㅋ 자기들이 한 짓은 생각 안 함. 절대
ㅋㅋ

　어느 팬의 예상처럼 송지유의 SNS엔 이미 많은 팬이 몰려 있
었다.

　이틀 전 계정 활성화와 함께 올려놓은 셀카에 벌써 1만 개가
넘는 댓글이 달려 있었다.

　―돌아와요! ㅠㅠ

　―기다립니다! 돌아오세요!

　―기대하고 있습니다! 꼭 돌아오세요!

　돌아오라는 단어가 어느새 하나의 구호처럼 번지고 있었
다.

"아직도 댓글 달리는 중이야?"

"네."

송지유가 핸드폰을 들여다보며 고개를 끄덕거리고 있었다.

베벌리힐스 고급 주택의 정원, 작은 테이블에 앉아 서로를 마주보며 현우와 송지유가 커피를 마시고 있었다.

"댓글들 보니까 어때? 마음이 더 풀려?"

현우가 조심스레 물었다. 실시간으로 달리고 있는 댓글들을 보고 있던 송지유가 고개를 들었다. 그리고 현우를 향해 살짝 웃어 보였다.

"그냥 귀여워요. 예전이나 지금이나 똑같은 것 같아서."

"그래도 귀여워 보이니까 다행이다. 적어도 예전처럼 끔찍해하지는 않으니까."

"……."

송지유가 별다른 대답을 하지 않았다. 그러다 송지유가 조용히 말을 꺼냈다.

"오빠는 괜찮아요?"

"나?"

송지유의 갑작스러운 질문에 현우가 커피 잔을 내려놓았다. 송지유도 커피 잔을 내려놓았다.

"나를 따라서 미국에 왔고, 미국에서 이루어놓은 것도 많잖아요. 또 나 때문에 다 버리고 한국으로 가야 하는데 아쉽지 않아요?"

송지유가 미안한 얼굴을 했다.

미국으로 온 2년 사이에 현우가 이루어놓은 것들이 제법 있었다. 뉴욕 뒷골목에 있던 후안의 식당과 영감들의 재즈 바를 성공적으로 LA에 이전시켰다.

그것뿐만이 아니었다. Sun film에서 사장 자리를 맡아 스코필드 영감을 도왔고, 회사의 규모를 상당히 불려놓은 상태였다. 이제 할리우드에서도 한국에서 온 '라이언 김'이라고 어느 정도 이름이 알려져 있는 상태였다.

미안해하는 송지유를 보며 현우가 웃었다.

"뭐, 아주 한국으로 가는 것도 아니잖아? 자주 왔다, 갔다 하면 되는 거니까. 회장님한테도 양해를 구했고, 식당이야 후안이 있잖아. 근데… 문제는 에리스지."

"내가 왜 문제야?"

호랑이도 제 말하면 온다고 했던가. 마침 정원 입구 쪽에서 에리스가 등장을 했다.

에리스 워드. 2년 전 LA의 어느 카페에서 만나 인연을 쌓은 배우 지망생이었다. 무명 배우 지망생이었던 에리스는 근래 인기 드라마 시리즈에 출연을 하며 주목받는 신인 여배우로 주가를 올리고 있었다.

"왔어, 에리스?"

송지유가 밝은 얼굴로 에리스를 반겼다. 송지유와 에리스가 길게 포옹을 나누었다. 에리스가 선글라스를 벗으며 의자에 앉았다.

현우가 에리스에게도 드립 커피를 따라주었다. 에리스가 커피를 한 모금 마시며 다시 입을 열었다.

"마리아한테 한국으로 돌아간다고 들었어. 아주 가는 건 아니지? 날 책임 져야지, 현우."

에리스의 농담에 현우가 피식 웃었다.

"왔다 갔다 해야지. 그래도 한동안은 한국에 가 있어야 할 거야."

"불행 중 다행이네. 참! 좋은 소식이야. 나 다음 시즌에도 출연한대."

"뭐? 너 마지막 편에서 물린 거 아니었어?"

"그러니까. 작가들이 내 연기가 마음에 들었나 봐. 그런데 대신 머리를 숏 커트로 쳐야 한대. 현우한테 허락받으라고 하던데?"

"그래?"

현우가 팔짱을 끼며 에리스 워드를 살펴보았다.

할리우드에서는 많은 유형의 여배우가 존재한다. 그중에서도 에리스는 작은 체구와 가녀린 이미지 때문에 지적인 배우라는 이미지가 강했다. 그래서인지 출연 중인 드라마에서도 아이들을 보살피는 맏언니 역할을 맡고 있었다.

"숏 커트라. 다음 시즌에서는 좀비 때려잡는 여전사로 가겠다는 건가?"

"그런 것 같아. 니콜 역이 생각보다 반응이 좋았잖아?"

"하긴. 에리스, 네 생각은?"

"난 사실 별다른 생각 없어. 현우가 하라는 대로 하면 다 잘되니까."

에리스의 당찬 대답에 현우도 송지유도 웃음을 터뜨렸다.

"극 중에서 이미지 변신을 하겠다는 건, 내가 생각하기에는 에리스 네가 연기하는 니콜 역의 비중이 커질 거라는 말과도 같아. 일단 그렇게 하자. 나쁘지 않아."

"응, 좋아. 짐은 다 쌌어?"

"이제 슬슬 준비해야지."

"난 준비 다 했는데."

"어?"

현우가 두 귀를 의심했다. 때마침 Sun flim 측의 매니저들이 여행 가방을 들고 나타났다.

"나도 한국 갈래."

"에리스, 네가?"

"응. 내 베스트 프렌드의 나라이기도 하고, 이번 시즌 끝나고 휴가잖아. 휴가는 서울에서 보내지 뭐."

현우가 송지유를 쳐다보았다. 송지유가 밝은 얼굴로 고개를 끄덕였다.

"에리스랑 같이 가요. 우리 식구들도 소개해 주고 좋잖아요?"

"그럼 그러지 뭐."

현우의 허락에 에리스가 야호! 소리를 질러댔다.

 *　　　 *　　　 *

'Galaxy Wars'의 개봉을 앞두고 연예계는 물론이고 한국 여론이 긴장을 머금고 있었다. 이번 'Galaxy Wars' 제작진과 출연진의 내한에 송지유가 포함되어 있는지가 아직까지도 불분명했기 때문이었다.

이와 다르게 일본을 비롯한 중국은 축제 분위기였다. 거장인 루이 메키스 감독과 함께 아시아 출신 배우로서는 최초로 대작 영화의 주연을 맡은 송지유가 공식 석상에 얼굴을 드러내었기 때문이었다.

아시아 투어 행사는 큰 성과를 내고 있었다. 특히 송지유의 역할이 가장 컸다. 일본에서 처음으로 얼굴을 선보인 송지유였다. 일본 연예 매체들이 연일 송지유에 대한 기사를 쏟아내었다.

한편, 2차 아시아 투어 장소로 정해진 중국은 일본보다 더 큰 열기를 뿜어내었다. 베이징 공항이 'Galaxy Wars' 팬들과 송지유의 팬들로 인해 마비가 될 정도였다.

와아아! 엄청난 함성과 함께 플래시 세례가 쏟아졌다. 한국어와 영어, 중국어가 뒤섞인 피켓들이 공항을 가득 메우고 있었다.

수없이 몰린 인파에 'Galaxy Wars'에 출연한 동료 배우들도 눈동자를 휘둥그레 떴다. 중국 내 송지유의 인기가 상상을 초월했기 때문이다.

"상해의 별이 돌아왔다!"

"송지유! 송지유!"

다른 주연배우들은 뒷전이었다.

송지유도 2년 만에 느껴보는 팬들의 뜨거운 열기에 적잖게 당황을 한 눈치였다.

"중국 팬이 최고다! 송지유 힘내라! 중국에서만 활동해라!"

"치졸한 빵즈 놈들은 송지유를 볼 자격이 없다!"

일부 악성 팬이 한국 팬들을 비난하며 송지유를 응원하기 시작했다. 화류 C&C 쪽 관계자들이 제지를 했지만 소용이 없었다.

"……"

반면, 송지유는 그저 웃으며 손을 흔들어줄 뿐, 일부 열성적인 팬들의 한국 비난에는 별다른 반응을 보이지 않았다.

송지유가 'Galaxy Wars' 출연진과 간신히 베이징 공항을 빠져나가며 동영상이 끝이 났다.

송지유의 중국 입국 동영상에 이어 중국 매체에서 방영한 영상들이 WE TUBE와 한국 연예 매체를 통해 기사화되면서, 한국 연예계를 비롯해 여론은 찬물을 끼얹은 듯 식어 있었다.

['Galaxy Wars' 아시아 투어! 일본에 이어 중국에서도 성공적으로 끝나!]

[주연배우 송지유의 일본 내 인기가 심상치 않다?!]

[중국은 지금 다시 송지유 열풍! 베이징에 이어 상해에서 벌어진 행사, 성황리에 끝나!]

['Galaxy Wars' 아시아 투어! 다음 장소는 한국이다? 송지유, 내한은 아직 불투명!]

─중국 새끼들 아오! 겁나 약 올리네? ──

─근데 맞는 말 아닌가. 한국에 오지 않아도 솔직히 할 말 없잖아;

─한국 안 올 모양이다. 에휴 ㅠㅠ

─근데 송지유 너무한 거 아님?

─위에 또, 또 시작이네? ㅋㅋ 하여간 국민성 진짜;

─이거 봐 ㅋㅋ 이제 또 슬슬 송지유 한국 안 온다고 욕할 인간

들 나올걸? ㅋㅋㅋ

그리고 이틀 후, 낮 12시 10분 비행기로 인천국제공항에 'Galaxy Wars' 제작진과 출연진이 내한을 했다.

공항엔 수많은 팬이 몰려와 있었다. 특히 송지유의 팬 카페인 SONG ME YOU 회원들은 잔뜩 기대를 머금고 있었다. 2년 만에 송지유를 볼 수 있는 일생일대의 기회였기 때문이다.

"지유 님은 꼭 오시겠죠? 얼굴천재지유 님?"

동료 회원의 질문에 팬 카페 회장을 맡고 있는 박 팀장이 고개를 끄덕거렸다.

"당연히 오실 겁니다. SNS 계정도 다시 열어놓았고, 이건 비밀인데 저한테 쪽지도 남겨주셨다니까요?"

"예?!"

"네?!"

주변에 있던 팬들이 깜짝 놀랐다. 박 팀장이 하하 웃었다.

"우리 지유, 예쁘다고 말입니다."

박 팀장이 품 안에 곤히 잠들어 있는 박지유의 볼에 입을 맞추며 말했다. 박 팀장의 말은 팬 카페 회원들을 통해 주변으로 빠르게 퍼져 나가기 시작했다.

"나, 나옵니다!"

팬 카페 닉네임 여왕지유가 소리를 질러댔다. 마침내 게이트가 열리며 'Galaxy Wars'의 제작진과 출연진이 'Galaxy Wars' 속 캐릭터들과 동시에 모습을 드러내었다.

와아아! 뜨거운 함성이 쏟아졌다. 얼굴천재지유 박 팀장은 송지유를 찾기 위해 한참이나 두리번거렸다.

"아~"

박 팀장이 외마디 탄식을 내질렀다. 네 명의 주연배우들 가운데에 분명 송지유가 서 있어야 했다. 그런데 그 한 자리가 딱 비어 있었다.

환호성은 곧 여기저기서 탄식으로 바뀌어 버렸다. 송지유가 결국 내한을 하지 않았기 때문이다.

팬 서비스로 'Galaxy Wars' 속 코스튬을 한 캐릭터들이 즉석에서 소규모 모의 전투를 벌이기 시작했지만 아무도 관심을 가지지 않았다.

"……"

"……"

그 누구보다 실망한 팬 카페 회원들의 표정이 모두 어두웠다. 박 팀장도 실망을 하긴 마찬가지였다. 품 안에서 잠들어 있는 딸을 내려다보며 박 팀장이 한숨을 내쉬었다.

"지유야, 아빠가 괜히 데리고 왔지? 미안하다."

박 팀장이 한숨을 삼키며 팬 서비스로 벌어지고 있는 모의 전투 쪽에 시선을 돌렸다. 회색 망토에 전신 회색 슈트, 그리고 가면을 쓴 캐릭터가 하얀색 광선검을 들고 클론 코스튬을 한 캐릭터들을 쓰러뜨리고 있었다.

마침내 클론을 모두 쓰러뜨린 절체불명의 제다이가 광선검을 들고 팬 카페 회원들 쪽으로 다가왔다.

그러고는 박 팀장의 앞으로 섰다.

"May the force be with you."

목소리가 괴상했다. 꼭 오리지널 시리즈의 다스베이더 같은 목소리였다.

"예? 예, 예쓰!"

박 팀장이 더듬거리며 대답을 했다. 가면을 쓴 제다이가 박 팀장에게 손을 내밀었다.

"W, What?"

"아기가 참 예쁘네요."

"……!"

순간 박 팀장을 비롯해 주변에 있던 팬 카페 회원들이 굳어버렸다. 괴상한 목소리였지만 분명 한국말이었다.

"어!? 한국말 하네?"

"당연한 거죠. 내한 행사인데."

옆에 서 있던 여왕지유가 말을 보탰다. 박 팀장이 고개를 끄덕였다.

"박 팀장님은 여전히 눈치가 없으시구나."

"……?"

박 팀장이 고개를 갸웃했다.

"더 놀라게 하고 싶었는데 어쩔 수 없네요."

그렇게 말하곤 정체 불명의 제다이가 양손으로 가면 뒤 버튼을 눌렀다. 푸슉! 공기 소리와 함께 가면이 벗겨졌다.

그리고 기다란 머리카락이 흘러내리며 송지유가 얼굴을 드러내었다.

"짠! 5억짜리 슈트라 그런지 신기하죠?"

"……."

"……."

환히 웃고 있는 송지유의 얼굴에 팬 카페 회원들이 정신을 차리지 못했다. 송지유는 여전히 아름다웠다. 아니, 2년간 성숙해진 미모가 더 빛을 발하고 있었다.

와아아! 송지유의 등장에 공항이 떠나가라 함성이 터졌다. 뒤늦게 박 팀장이 정신을 가다듬었다.

"지유 님!"

"아기, 한 번만 안아봐도 될까요?"

"예, 예!"

박 팀장이 얼른 딸 박지유를 송지유에게 건넸다. 송지유가 박지유를 안아 들고는 생긋 웃었다.

"이름이 나랑 똑같아서 그런가, 무척 예쁘네요?"

송지유가 아기의 볼에 볼을 맞대었다. 와아아! 공항에선 더욱 큰 함성이 터져 나왔다.

*　　　*　　　*

송지유의 품에 포근히 안긴 박지유가 살짝 눈을 떴다. 그러더니 송지유를 보고는 꺄르르, 웃기 시작했다. 송지유의 입가에도 어느새 미소가 걸렸다.

"……."

송지유가 고개를 들어 박 팀장을 비롯해 SONG ME YOU의 회원들을 눈에 가득 담았다. 2년간 단 한마디의 불평도 없이 송지유를 기다려 준 그런 사람들이다.

지난 세월을 함께하지 못했다는 생각에 마음 한구석이 아릿했다. 그때, 박지유가 손을 뻗어 송지유의 얼굴을 쓰다듬었다. 꼭 송지유를 위로하는 것 같았다.

송지유가 따듯한 눈빛으로 박지유를 바라봤다.

"착하네요. 순하고."

"네. 꼭 우리 지유 님 같죠?"

박 팀장이 송지유를 보며 말했다.

"그러네! 우리 지유 님이랑 꼭 닮았네!"

"맞네! 맞아! 착하고 순한 게 완전 닮았어!"

박 팀장에 이어 다른 팬 카페 회원들도 입을 모았다. 순간 송지유의 눈동자에 눈물이 아른거렸다.

"내가 착하고 순하다는 말은 처음 들어봐요. 근데… 아니잖아요? 난 못됐고, 차가운 사람이잖아요."

"아뇨?! 우리 팬들은 다 압니다. 지유 님이 얼마나 따뜻한 마음을 가지고 있는 사람인지요. 그래서 이렇게 우리들을 보려고 한국을 찾은 거 아닙니까? 그 5억짜리 슈트까지 준비해서요. 그렇죠?"

"……."

혹여나 눈물이 흘러내릴까, 송지유가 입술을 깨물고는 작게 고개를 끄덕거렸다. 박 팀장이 말을 이어갔다.

"지유 님이 미국에 계시는 2년 동안 저희들도 각자의 삶 속에서 최선을 다하며 살았습니다. 전 귀여운 딸이 생겼고, 여기 이 친구는 취업도 했습니다."

"하하. 저 JG에 취업했습니다! 지유 님!"

"전 올 가을에 여자 친구랑 결혼합니다!"

여기저기서 팬 카페 회원들이 근황을 알려왔다. 송지유가 그런 소중한 팬들을 하나하나 눈 안에 담았다.

"다 지유 님 덕분입니다."

박 팀장의 한마디에 결국 송지유가 소리없이 눈물을 흘렸다.

"너무 오래 기다리게 해서 미안해요, 정말 미안해요."

박 팀장이 붉어진 눈동자로 고개를 저었다.

"아닙니다. 잘 돌아오셨습니다."

"이제 어디 안 가실 거죠? 그렇죠?"

어느 팬의 질문에 팬 카페 회원들이 긴장을 했다. 송지유가 눈물을 훔쳤다. 그리고 힘차게 입을 열었다.

"네, 어디 안 가요."

송지유의 말에 박 팀장과 팬 카페 회원들의 얼굴이 밝아졌다.

박 팀장이 불현듯 양손을 번쩍 들었다.

"여왕이 돌아왔다! 만세!"

"마, 만세? …에라, 모르겠다! 만세!"

"만세! 만세! 만세!"

SONG ME YOU 회원들을 시작으로 느닷없이 인천국제공항엔 만세 삼창이 울려 퍼졌다. 공항에 몰린 팬들도 뒤따라 만세 삼창을 외치기 시작했다.

"현우, 지유의 팬들이 뭐라고 하고 있는 건가?"

루이 메키스 감독이 현우에게 물었다. 현우가 머리를 긁적였다. 통역을 하면 송지유의 한국 팬들이 꼭 광신도로 비춰질 것만 같았다.

"라이언, 뭔데? 응?"

주연배우 중의 한 명인 필립도 현우의 미국 이름을 불렀다.

"으음… '여왕이 돌아왔다! 만세! 만세!' 뭐 이 정도라고 설명할 수 있어."

"뭐?! 여왕?"

실제로 여왕이 존재하는 영국 출신 배우인 필립이 화들짝 놀랐다. 그리고 현우의 말을 전해 들은 다른 출연진과 제작진들도 크게 놀랐다. 중국에서도 그 인기에 놀랐는데, 한국 쪽에서는 정말로 '여왕' 대우를 받고 있었다.

루이 메키스 감독이 팬들에게 둘러싸여 있는 송지유를 지켜보다 나지막하게 입을 열었다.

"현우."

"네, 감독님."

"새 오리지널 시리즈 제목은 여왕의 귀환으로 하지."

연출가이자 극본가로서 루이 메키스 감독은 영감이 떠오르는 중이었다.

"여왕의 귀환이라. …좋은데요?"

현우도 밝게 웃으며 대답했다.

"김태식! 김태식!"

"김태식! 나와라!"

그때, 이번에는 느닷없이 공항에서 현우의 별명이 울려 퍼지기 시작했다. 팬들이 송지유에 이어 현우를 찾고 있는 것이다.

"하아… 난 또 왜?"

현우가 머리를 긁적였다. 'Galaxy Wars' 제작진과 출연진의 내한 입국 현장이었다. 스핀오프 시리즈의 핵심 주인공인 송지유는 그렇다쳐도 현우는 제작진이나 출연진이 아니었다.

현우가 루이 메키스 감독을 비롯해 다른 주연배우들을 보며 미안한 얼굴을 했다. 필립이 현우의 등을 떠밀었다.

"마리아 씨한테 다 들었어. 라이언이랑 지유, 한국에서는 거의 뭐 절대적이라며? 잘해봐. 한국에서도 흥행해야지, 라이언."

필립에 이어 다른 주연배우들도 현우의 등을 떠밀었다. 결국 현우가 쓴웃음을 머금은 채로 송지유 쪽으로 걸음을 옮겼다.

"김현우다! 김태식이다!"

현우가 전면에 나타나자 팬들이 환호성을 질러댔다. 한때 대한민국이 가장 사랑했던 청년이 바로 현우였다. 여기저기서 온갖 별명이 쏟아졌다.

현우가 송지유의 옆에 다가섰다. 연예 매체에서 나온 기자들이 현우와 송지유의 투 샷을 어떻게든 더 잡으려고 발악을 해댔다. 하지만 SONG ME YOU 카페 회원들이 현우와 송지유를 굳게 지켜주고 있었다.

쏟아지는 플래시 세례 속에서 현우는 감회가 새로웠다. 뭐랄까, 다시 2년 전으로 돌아온 것만 같은 기분이었다. 뭐라고 첫 마디를 꺼낼까 망설여지기도 했다.

어색한 찰나, 다행히도 박 팀장이 먼저 말을 꺼냈다.

"대표님도 우리 딸 안아보시죠. 기 좀 주십시오."

박 팀장이 박지유를 현우에게 내밀었다. 현우가 조심스레 박지유를 안아 들었다. 현우와 눈이 마주치자 또 박지유가 꺄르르, 웃기 시작했다.

"아기가 순하죠?"

송지유가 따뜻한 얼굴로 박지유를 내려다보며 말했다. 현우도 빙그레 웃었다.

"순하네, 착하고. 누구랑은 많이 다르다."

"우리 팬들은 다 착하고 순하다는데요?"

"난 금시초문인데?"

현우의 농담에 팬 카페 회원들이 하하 웃었다. 송지유도 웃었다. 덕분에 어색했던 분위기가 풀어졌다.

현우가 박지유를 송지유에게 건넨 후 정면을 응시했다.

"……"

2년 만에 만나는 팬들에게 2년간의 공백을 뭐라고 설명을 해야 할까, 고민이 많던 현우였다. 문득 현우의 뇌리 속에 한

가지 생각이 떠올랐다.

현우가 피식 웃었다. 그러고는 마침내 입을 열었다.

"여러분, 2년간 있었던 모든 일들은, 지금까지 다 몰래카메라였습니다."

"몰, 몰래카메라요? 하하!"

박 팀장을 시작으로 뒤늦게 현우의 의도를 파악한 사람들이 하나둘 웃음을 터뜨리기 시작했다.

*　　　*　　　*

[`Galaxy Wars` 제작진과 출연진, 전격 내한! 그리고 기다리고 기다렸던 국민 소녀와 김태식의 귀환! 그들이 돌아왔다!]

[`Galaxy Wars` 내한과 함께 이루어진 여왕의 귀환! 송지유! 그녀가 돌아왔다!]

[국민 소녀, 2년 만에 성숙한 여인으로 거듭나서 돌아오다!]

[김태식이 돌아왔다! XX고 싫으면 다 나가 있어!]

`Galaxy Wars` 제작진과 출연진의 내한과 함께 이루어진 현우와 송지유의 깜짝 복귀에 포털 사이트를 비롯한 여론이 폭발한 상황이었다.

—ㄹㅇ 여왕의 귀환! 여왕이 돌아왔다!

—와, 송지유 한국 올 줄 꿈에도 몰랐는데 ㅋㅋㅋ

—한국 안 와도 할 말 없는 상황인데 오다니! 여왕은 관대하다! 관대하다!

—송지유 2년 사이에 더 예뻐짐 —_—; 미쳤는데?

—그 팬 카페 회원 딸 안고 있는 사진 본 사람? 송지유 ㄹㅇ 천사의 미소

—송지유, 송지유, 송지유! 드디어 국민 소녀가 돌아왔다! 찬양하라!

—SONG ME YOU인가? 팬 카페 회원들이랑 송지유랑 교감 장난 아니던데, 부럽다, 부러워. 다른 팬들은 끼지도 못 할 만큼 끈끈한 거 같음. ㅠㅠ

—ㄴㄴ 지금이라도 가입하셈! 늦지 않음!

—ㅋㅋㅋㅋㅋㅋ 김태식 센스 ㅋㅋㅋ 몰래카메라였다니

—ㅋㅋ 김태식이 김태식 한 거, 여전히 유쾌한 양반이었어.

—공항 밖에 초록색 스프린터 대기 중인 거 보고 진짜 울컥했음. 정말로 송지유랑 김현우가 돌아오긴 했나 봄 ㅎㅎㅠ

—국민 남매가 돌아왔구나!

—아니지! 국민 연인이지! 이제는! ㅋㅋㅋ

—국민 연인, 어감 좋네! 가자!

"여론이 확 달라졌는데요?"

신호를 받아 스프린터가 멈춰 있는 동안 댓글을 살펴보던 최영진이 말했다. 현우와 송지유도 핸드폰으로 대중들의 반응을 살펴보고 있었다. 현우와 송지유가 한국으로 돌아왔다며 지금 여론은 축제 분위기였다.

"근데 그때는 왜 그렇게 난리들이었던 거예요? 그동안 있다가 없으니까 보고 싶어서 그런 건가 생각이 들다가도, 그때만 생각하면 솔직히 이해가 되지 않는다니까요?"

최영진이 석연치 않은 표정을 했다. 2년 전 현우가 기자회견에서 송지유와의 열애설을 터뜨리고, 송지유가 재벌가의 사생아라는 것이 밝혀졌을 때만 해도 온 세상의 비난이 어울림과 현우, 그리고 송지유에게 쏟아졌다.

결국 현우와 송지유는 어쩔 수 없이 미국행을 선택해야 했다. 하지만 2년 사이에 여론이 달라져도 너무 극명하게 달라져 있었다.

물론 2년이라는 시간이 흐르긴 했지만, 그렇다고 해도 이해가 가지 않는 게 현실이었다.

댓글을 달고 있는 대중 가운데서도 최영진과 같은 의문을 품고 있는 사람이 상당히 많았다. 현우와 송지유가 2년 전에 과연 그렇게 큰 죄를 저질렀냐는 것이었다.

"형님은 이상하지 않으세요?"

최영진이 다시 운전대를 잡으며 물었다. 현우가 핸드폰을 주머니에 집어넣고는 최영진을 쳐다보았다.

"궁금하냐?"

"네? 형님?!"

최영진이 흘깃, 현우를 쳐다보며 놀란 표정을 했다.

"맞아요? 뭔가가 있었던 거죠? 그렇죠?"

"아마도. 아니, 확실해. 그리고 조만간 진실은 밝혀질 거다, 영진아."

"진실요?"

최영진이 아리송한 표정을 하며 물어왔다. 현우가 작게 웃으며 다시 입을 열었다.

"사자가 곧 움직일 거야. 그러면 진실도 밝혀지겠지."

＊　　　＊　　　＊

현우와 송지유의 한국 귀국과 더불어 대중들의 시선이 향하고 있는 곳이 바로 CV였다. 송지유가 CV가의 사생아인 것이 밝혀진 이래로 어울림과 껄끄러운 관계를 유지하고 있었기 때문이었다.

"회장님, 접니다."

똑똑, 노크 소리와 함께 중년 남성의 목소리가 들려왔다.

업무를 보고 있던 문태진이 고개를 들었다.

"들어오세요, 김 비서님."

문이 열리며 김우용 비서실장이 들어왔다.

"오늘 낮 비행기로 김현우 대표님과 아가씨께서 귀국을 하셨습니다."

"네. 지금 막 기사를 보고 있던 참입니다, 김 비서님."

노트북 화면 속에는 현우와 송지유의 기사가 떠올라 있었다. 문태진의 얼굴로 은은한 미소가 머금어져 있었다.

"오후 6시에 첫 내한 인터뷰 및 행사가 잡혀 있습니다, 회장님."

"그래요. 김 비서님께서 특별히 신경을 더 써주세요."

"예, 회장님."

꾸벅, 고개를 숙이고 돌아서려던 김우용 비서가 다시 문태진의 앞으로 섰다.

"회장님."

김우용의 목소리에 인터넷 기사를 들여다보고 있던 문태진이 다시 고개를 들었다.

"네, 김 비서님. 더 용건이 남아 있으십니까?"

"후우."

김우용이 길게 한숨을 내쉬었다. 문태진이 살짝 웃었다.

"왜 또 한숨이세요?"

"정말로 그 일을 실행에 옮기실 생각이십니까?"

"……."

문태진이 말없이 비서실장 김우용을 올려다보았다. 서늘한 눈빛에 순간, 김우용이 멈칫했다.

2년 전 그 사건 이후로 문태진은 달라졌다. 적극적으로 그룹의 경영에 참여를 했고, 불과 2년 만에 주주총회를 거쳐 회장으로 선출이 되었다.

즉, 자신의 아버지인 문성훈 회장을 몰아냈다는 뜻이다. 그 과정 속에서 문태진이 보여준 행동들은 피도 눈물도 없이 비정했다. 어울림과의 악연으로 쇠락한 기업 이미지를 운운하며 아버지를 쫓아내었을 뿐만 아니라, 그의 수족들도 모두 잘라냈다.

'그 아버지 그 아들'이라는 표현이 딱 알맞았다.

"죄송합니다. 제가 경솔했습니다, 회장님."

김우용이 급히 사과를 했다. 서늘한 눈빛을 하고 있던 문태진이 다시 본래의 얼굴로 돌아왔다.

"김현우 대표가 했던 말 중에 제일 인상 깊었던 말이 뭔 줄 아십니까?"

"김현우 대표요? …글쎄요."

"죄를 지었으면 벌을 달게 받는 게 세상 이치다. 바로 이겁니다. 네, 맞습니다. 죄를 지었으면 응당 벌을 받아야 합니다.

저 또한 김현우 대표랑 같은 생각입니다. 김 비서님, 제가 틀린 겁니까?"

"아닙니다, 회장님."

"그럼 준비되는 대로 바로 실행하세요."

김우용이 대답을 망설였다. 하지만 문태진에게 정면으로 맞설 용기가 나지 않았다.

"절 믿으세요. 잠깐 동안의 장마는 땅을 더욱 굳건하고 비옥하게 만들어줄 겁니다."

"…예. 회장님."

김우용이 꾸벅 고개를 숙였다. 김우용이 나가고 문태진은 다시 노트북 화면을 들여다보았다.

기사 속 송지유가 어느 팬의 아기를 안고 환하게 웃고 있었다.

"귀엽다, 내 동생."

문태진이 홀로 중얼거렸다. 그의 입가엔 흐뭇한 미소가 걸려 있었다.

*　　　　*　　　　*

인천국제공항을 빠져나온 초록색 스프린터가 대학로 'Galaxy Wars' 행사장 부근으로 들어섰다.

가이드라인 밖엔 벌써 많은 사람이 몰려와 있는 상황이었다. 어찌나 많은지 행사 요원들도 진을 빼고 있었다.

"이게 다 몇 명이야? 형님이랑 지유가 돌아왔다고 다들 나왔나 본데요?"

최영진이 놀란 얼굴로 입을 열었다. 하지만 현우와 송지유로부터 대답이 없었다. 최영진이 고개를 돌렸다.

"……."

"……."

창밖의 사람들을 보며 송지유가 말없이 생각에 잠겨 있었다. 그리고 현우는 그런 송지유를 가만히 쳐다만 보았다.

"……."

급격하게 가라앉은 분위기에 최영진도 눈치를 살피곤 그만 입을 다물었다.

현우가 송지유의 어깨를 잡았다.

"지유야."

"…네."

송지유가 창밖의 사람들을 바라보며 조용히 입을 열었다.

"다시 세상 밖으로 나갈 준비는 됐어?"

"……."

송지유가 입술을 깨물다 결국 고개를 저었다. 현우가 송지유의 양어깨를 잡고는 두 눈을 맞추었다.

현우를 바라보는 송지유의 눈동자가 흔들리고 있었다.

"아직… 무서워요."

"……!"

최영진이 무섭다고 말하는 송지유를 보며 안타까운 표정을
지었다. 한때는 그 누구보다 도도하고 찬란하게 빛나던 송지
유였다. 하지만 그런 송지유가 사람들을 두려워하고 있었다.
당연했다. 공항으로 마중을 나온 팬 카페 회원들과 대학로에
몰려든 사람들은 엄연히 다른 사람들이었다. 충분히 두려울
만했다.

"……"

최영진의 주먹에 바짝 힘이 들어갔다. 저 중에 송지유를 조
롱하고 비난했던 사람들이 있을 수도 있다는 생각이 들었다.
들뜬 표정의 사람들이 괜히 야속하고 미웠다.

"……"

송지유의 솔직한 고백에 현우 역시 마음이 아팠다. 많은 사
람으로부터 받은 마음의 상처는 세월이 흘러 점차 아물었지
만, 아직 그 흔적은 사라지지 않고 뚜렷이 남아 있었다.

현우가 숨을 들이켜며 입술을 열었다.

"나 역시 무서워."

"…오빠?"

송지유의 눈동자가 커졌다. 늘 거침이 없는 현우가 두렵다

는 말을 할 줄은 미처 몰랐다.

현우가 송지유의 머리를 쓰다듬으며 씁쓸하게 웃었다.

"하지만 널 옆에서 지켜야 하니까 두려워도 두렵지 않아. 나도, 영진이도 네 옆에 있을 거야. 그때도 지금 이 순간에도 우리는 절대 널 두고 도망가지 않아. 무서우면 넌 눈만 감아. 내가 다 막아줄 테니까."

"네."

송지유가 현우의 어깨에 살며시 기대었다. 늘 그래왔지만 현우의 존재 자체가 든든하고 고마웠다.

"극복해야 해. 사람들로부터 받은 상처는 사람들로만 치유할 수 있어. 너 혼자 치유하지 못해. 그건 나도 못 해."

"네."

송지유가 작게 속삭였다.

"나가서 빛나자. 그래서 다시 사람들이 널 우러러보도록 만들자."

그때 창밖에서 SONG ME YOU 회원들이 모습을 드러내었다. 공항에서부터 여기까지 따라온 모양이었다. 개나리 색깔 티셔츠를 맞춰 입은 팬들이 송지유의 이름을 연신 외치고 있었다.

"그리고 지유라는 그 이름, 부끄럽지 않게 하자."

현우가 박 팀장의 딸아이를 거론했다. 송지유의 이름을 본

따서 딸아이의 이름을 지은 팬도 있었다.

"……."

송지유가 조용히 두 눈을 감았다. 불안해 보이던 기색이 점차 사라져 갔다. 그러다 송지유가 두 눈을 떴다.

"가요."

"오케이. 영진아?"

"네, 형님!"

최영진이 먼저 운전석에서 내렸다. 그런 다음에는 서둘러 스프린터의 문을 열었다.

와아아! 개나리 색깔 원피스 차림의 송지유가 모습을 드러내자 함성이 터져 나왔다. 2년 전 그 모습 그대로인 송지유를 보며 사람들이 열광을 하고 있었다.

"송지유다! 송지유가 돌아왔다!"

송지유가 활짝 웃으며 손을 흔들다 꾸벅 고개를 숙였다. 뒤이어 현우의 모습이 보이자 대학로 일대가 뒤흔들렸다.

미리 마중을 나와 있던 KBN 연예 뉴스 프로의 유명 진행자와 카메라가 서둘러 현우와 송지유에게로 달라붙었다.

"안녕하세요! 여러분! 우리들의 국민 소녀와 국민 대표가 돌아왔습니다! 시간 관계상, 저는 'Galaxy Wars' 내한 행사장 입구까지만 인터뷰를 진행하도록 하겠습니다! 자, 다시 함성!"

"와아아!"

함성이 터졌다. 진행자가 서둘러 대학로에 몰려든 사람들을 진정시켰다. 그리고 걸음을 옮기며 현우와 송지유에게 마이크를 가져다 대었다.

"두 분! 정말! 정말! 오랜만입니다! 잘 지내셨습니까?"

"네, 뭐. 잘 지냈습니다."

"잘 지냈어요."

현우와 송지유가 동시에 대답을 했다. 진행자가 하하 웃었다.

"하하! 누가 연인 아니랄까 봐, 대답도 동시에 하시는데요? 자, 그럼 이쯤에서 질문을 하겠습니다! 두 분 사이는 어떻습니까?"

처음부터 직설적인 질문이 나왔다. 대학로에 몰려든 사람들이 숨을 죽이고 현우와 송지유를 주시하고 있었다. 2년 전 그 사건 이후로 두 사람이 시작도 못 해보고 끝났다는 소문이 돌았기 때문이다.

현우가 빙그레 웃으며 송지유의 작은 손을 굳게 잡아 보았다.

"더 설명이 필요합니까?"

"멋있다! 김태식!"

"잘 어울려요!"

여기저기서 환호성이 나왔다.

"놔, 놔요."

송지유가 붉어진 얼굴로 얼른 손을 뺐다. 그러고는 현우의 등짝을 때렸다.

"악!"

외마디 비명과 함께 현우가 몸을 꼬며 등을 부여잡았다.

"하하하!"

사람들이 그 모습을 보며 웃음을 터뜨렸다.

"두 분, 사이좋으신 거 맞습니까?"

"네. 좋습니다. 이래 뵈도 지유가 부끄러움이 많아서 그래요. 원래는 애교도 많고 장난 아닙니다."

"내가 언제요?"

송지유가 현우를 올려다보며 눈을 흘겼다. 그리고 그 모습에 사람들이 탄성을 질렀다. 오랜만에 보는 송지유가 더욱 아름답게 느껴졌다.

"김발놈."

"맞네. 잊고 있었다. 망할 김발놈."

여기저기서 '김발놈'이라는 소리가 나왔고 또 사람들이 웃음을 터뜨렸다. 현우가 머리를 긁적였다.

"그 별명은 정말 오랜만에 들어보는데도 얼얼한데요?"

그렇게 말하면서도 현우가 빙그레 웃고 있었다.

그리고 주변을 가득 메우고 있는 사람들을 둘러보았다. 2년 전에 있었던 그 사건이 무색할 만큼 다들 현우와 송지유를 반겨주었다.

현우의 시선이 나란히 서서 걸음을 옮기고 있는 송지유에게로 향했다. 송지유도 같은 생각을 하고 있는 것 같았다. 사람들을 두려워하던 기색은 이제 사라지고 없었다.

사람들의 손도 잡아주고, 작은 이야기에도 귀를 기울이고 있었다. 예전만큼은 아니었지만, 꼭 예전의 송지유를 보는 것 같았다.

그리고 사람들도 마찬가지였다. 송지유의 작은 행동 하나하나에, 그리고 말 한 마디, 한 마디에 기뻐하고 있었다.

"그럼 근황 질문을 하겠습니다. 우리 국민 소녀 송지유 양은 그동안 어떻게 지내셨습니까?"

진행자가 중요한 질문을 해왔다. 사람들의 손을 잡아주고 있던 송지유가 몸을 돌렸다.

그리고 은은한 미소를 머금은 채로 주변을 둘러보았다. SONG ME YOU 회원들같이 익숙한 얼굴도 있었고, 처음 보는 낯선 얼굴도 있었다.

"……."

"……."

대학로에 몰려든 사람들도 목소리를 낮추고 귀를 기울였다. 2년간의 공백 동안 알려진 것이라곤 얼마 전에 SNS에 공개된 사진 몇 장이 전부였다. 그 외에는 모든 것들이 베일에 싸여 있었다.

"미국에서 'Galaxy Wars' 촬영도 하고, 또 개인적인 시간을 많이 보냈던 것 같아요. 또……."

말을 끊고 송지유가 생각에 잠겼다.

갑자기 찾아든 침묵에 사람들도 침묵했다. 송지유의 얼굴에 그늘이 드리워졌다. 덩달아 사람들의 표정도 어두워졌다. 2년간의 공백이 미안하고 안타까웠기 때문이다. 사람들의 감정을 읽은 송지유가 애써 밝게 웃었다.

"책도 많이 읽었어요."

"책이라면?"

"오즈의 마법사?"

"동화책요?"

진행자가 고개를 동화책 이야기에 고개를 갸웃거렸다.

"네. 제가 양철나무꾼을 좋아해서요."

송지유가 현우를 쳐다보며 말했다. 현우가 빙그레 웃었다. 의미를 모르는 사람들도 아리송한 표정들을 했다.

"책도 읽고, 커피에도 취미를 붙였어요. 원두도 모으고, 커피 메이커도 모으고 있어요. 그리고 저 요리도 많이 늘었어요. 친구 식당에서 가끔 한식 요리도 해요."

"건강 음식은 이제 안 만드시는 겁니까?"

진행자가 물어왔다. 송지유표 건강 음식은 이미 사람들이 다 알고 있을 정도로 유명했다. 송지유가 현우를 쳐다보며 입을 열었다.

"가끔 삐지거나 서운한 일 있으면 만들어줘요."

"그, 그런 거였어?"

현우가 황당해했다. 그리고 진행자와 더불어 사람들이 하하 크게 웃기 시작했다. 송지유가 밝게 웃다가 다시 말을 이어 갔다.

"LA에 스페인 식당 겸 재즈 바 뉴 소울, 많이 찾아주세요! 후안, 나 잘했지? 이제 나 식당에서 요리한다고 뭐라고 하지 말기?"

카메라를 보며 송지유가 손을 흔들었다.

"……."

느닷없는 모습에 사람들이 조용해졌다. 본래 송지유는 얼음 여왕이라 불리며 절대 이런 모습을 보인 적이 없었다. 그런데 카메라를 보며 꼭 엘시처럼 발랄하게 손까지 흔들고 있었다. 생전 처음 보는 모습이었다.

갑자기 분위기가 묘해졌다. 진행자도 놀란 눈치였다.

"못 본 사이에 우리 얼음 여왕님이 많이 변하셨는데요? 그렇죠, 김현우 대표님?"

"그렇습니까? 저는 매일 봐오던 지유라 새삼스럽지는 않습니다."

"오랜만에 지유를 보는 분들은 조금 놀라기는 하시겠네요. 워낙에 오랜만이니까요. 그리고 그동안 참 많은 일을 겪었었죠."

현우에 이어 최영진도 사람들을 둘러보며 말을 내뱉었다. 최영진의 의미심장한 발언에 많은 사람들이 할 말을 잃어버린 상황이었다. 2년간의 공백이 지금 이 순간만큼은 많은 사람들에게 있어 뼈가 시리도록 아쉽게 느껴졌다.

"하하. 심경의 변화에 가장 큰 영향을 끼친 게 무얼까요?"

진행자가 싸한 분위기를 풀어보려 가볍게 질문을 내뱉었다. 송지유가 살짝 웃으며 다시 말을 이어갔다.

"좋은 사람들? 좋은 사람들이 주변에 많으면 늘 웃게 되는 것 같아요. 그러니까 주변에 좋은 사람들을 많이 두세요. 저처럼."

"그렇군요. 그럼 이제 얼음 여왕님이라고 부르지는 못하겠는데요? 앞으로는 뭐라고 해야 합니까?"

"도로시."

"네?"

진행자가 고개를 또 갸웃했다. 또 송지유가 동화책 이야기를 하고 있었다. 오직 현우와 최영진만이 피식 웃고 있을 뿐이었다.

그렇게 인터뷰를 진행하며 현우와 송지유가 대학로를 거닐었다. 2년이라는 공백이 있었던 만큼 진행자가 묻는 질문도 많았고, 몰려든 사람들의 이야기도 넘쳐났다.

"너무 많은 질문을 해서 죄송합니다만, 미국에서 계시는 동안 가장 하고 싶었던 건 무엇일까요?"

진행자가 질문을 해왔다.

"노래, 가끔은 노래를 부르고 싶었어요."

"노래요? 방금 전에 김현우 대표님이랑 함께 운영하는 재즈바에서 종종 노래를 하셨다고 들었는데요?"

진행자의 질문에 송지유가 고개를 저었다.

"팬 여러분들 앞에서 부르는 노래를 말하는 거예요."

"아! 그렇겠군요!"

진행자가 이해를 하고는 고개를 끄덕였다. 따라오고 있던 SOMG ME YOU 회원들과 사람들도 공감을 했다. 2년 동안 송지유의 노래라곤 음원 사이트에서 듣는 게 전부였다.

갑자기 아쉬움과 함께 기대감이 밀려들었다. 하지만 그 누구도 쉽사리 노래를 불러달라는 말을 내뱉지 못하고 있었다. 송지유에게 미안하고 염치가 없었기 때문이다.

SONG ME YOU 회원들도 마찬가지였다. 얼굴천재지유 박팀장이 딸 박지유를 안아 들고는 그저 안타까운 표정만을 짓고 있었다.

'Galaxy Wars' 내한 행사와 함께 공항에서 다시는 숨지 않겠다고 약속을 한 송지유였지만, 한국으로 귀국한 지 하루도 지나지 않았다. 언제 다시 앨범을 내서 정식 활동을 할지는 미지수였다.

"……."

"……."

사람들이 숙연해했다. 자신들의 손으로 끌어내려 빛을 잃어버린 존재가 바로 눈앞에 존재했다. 2년 전 그 사건에 댓글을 달았던, 아니면 방관을 했던 모두가 같은 마음이었다.

그리고 아무것도 해준 게 없는 자신들을 위해 현우와 송지유가 다시 용기를 내서 한국으로 돌아와 주었다.

"노, 노래 불러주십시오. 다시 노래를 불러주세요!!"

박 팀장이 용기를 내서 부탁을 했다.

"언니! 노래 불러주세요!"

"노래 듣고 싶습니다! 여왕님!"

박 팀장을 따라 여기저기서 노래를 불러달라는 말이 나왔다. 그리고 그 작은 외침들이 점점 물결을 타듯 퍼져 나가기 시작했다.

"노래해! 노래해!"

대학로 일대가 노래해! 노래해! 소리로 들썩이기 시작했다.

"송지유는 노래해라!"

"……"

팬들의 아우성에 멍하니 서 있던 송지유의 커다란 눈동자에서 주르륵, 눈물이 흘러내렸다. 미안했다는 말보다 노래하라는 팬들의 목소리가 더욱 마음에 와닿았다. 그간 상처로 얼룩져 있던 마음이 깨끗하게 아무는 것 같은 기분이 들었다.

현우 또한 붉어진 눈동자로 송지유를 내려다보았다.

"지유야. 네 팬들이 노래하라는데?"

그때였다. 갑자기 어린 여학생 한 명이 현우와 송지유 앞으로 튀어나왔다.

"언니. 이거 제 기타예요. 원래 절대 다른 사람은 안 빌려주는데 언니한텐 빌려줄 수 있어요."

여학생 한 명이 등에 메고 있던 기타 케이스에서 기타를 꺼내어 내밀었다.

"……!"

송지유가 눈을 크게 떴다. 기타 정면에 송지유 본인의 사인이 적혀 있었다. 그리고 옛 기억을 더듬었다. 2년 전 벚꽃 콘서트에서 가족과 함께 기타를 들고 왔던 소녀 팬이었다.

"저 그때 약속했었는데. 언니처럼 훌륭한 가수 된다고. 기억하세요?"

"응. 기억해."

"그럼 그때처럼 노래 불러주실 수 있으세요?"

송지유가 잠시 침묵했다. 그러다 용기를 내서 고개를 끄덕였다. 소녀 팬이 행복한 표정을 지었다.

송지유가 눈물을 훔치고는 기타를 받아 들었다. 하지만 길거리 한복판이라 마땅히 앉을 곳도 없었다.

"가방 모읍시다! 백 팩 메고 오신 분들! 가방 이리로 모아요!"

누가 시키지도 않았는데 백 팩을 메고 있던 팬들이 가방을 모았다. 순식간에 바닥 위로 충분히 앉을 수 있는 간이 의자가 만들어졌다.

송지유가 그 가방 더미 위로 살짝 걸터앉았다. 팬들이 송지유의 주변을 빙 둘러쌌다. 기타를 무릎에 올려놓고는 송지유가 말없이 연주를 시작했다.

기타 선율과 함께 송지유의 허밍 소리가 대학로 일대에 퍼져 나갔다. 2년 사이에 더욱 깊어진 음색에 팬들도 송지유를 따라 눈을 감았다.

별이 빛을 잃고
홀로 돌아서는 길
보이지 않는 그 길을
두려움에 걷고 있어
길었던 내 꿈의 끝에는 짙은 어두움만

차가운 마음은 닫은 채로

보이지 않는 그 길을

홀로 걷고 있어

눈을 뜨면 보일 텐데

나는 알아

내가 할 수 없단 걸

눈을 뜨면 차라리 꿈이었으면

하지만 눈을 뜨고 알게 됐어

꿈이 아니라는 걸

언제 다시 별은 빛을 발할까

언제 다시 돌아올 수 있을까

아아……

송지유의 깊은 음색이 허밍에 실려 대학로로 울려 퍼졌다. 청아하면서도 그 속에 깃든 짙은 슬픔이 느껴졌다.

대학로에 몰려든 팬들은 심장 한구석이 찢어지는 것 같은 감정을 느끼고 있었다. 그리고 2년간 송지유가 얼마나 많은 고뇌를 했는지도 느낄 수 있었다.

기타 연주를 마치고는 송지유가 말없이 꾸벅, 고개를 숙여 보였다. 그리고 그 어떠한 환호도 박수도 일절 없었다.

"……"

사람들이 그저 송지유를 바라만 보고 있었다. 현우가 가만히 서서 송지유를 담고 있는 사람들의 눈동자를 살펴보았다.

단 한마디의 대화도 없었지만, 알 수 있었다. 송지유와 팬들이 지금 이 순간 감히 말로 표현 못 할 깊은 교감을 나누고 있다는 것을 말이다.

"정말, 여왕이 돌아왔구나."

현우가 조용히 중얼거렸다.

＊　　　＊　　　＊

팬들이 말없이 송지유를 뒤따르고 있었다. 다들 생각에 잠겨 있는 얼굴이었다. 진행자도 질문을 꺼내지 못할 정도의 무거운 침묵이 흘렀다.

현우와 최영진은 조금 떨어져서 그런 송지유와 팬들을 조용히 바라보고 있었다. 다시는 볼 수 없을 것이라고 여겼던 풍경이 눈앞에 펼쳐졌다. 현우도, 최영진도 감회가 새로웠다.

그렇게 걸음을 옮긴 끝에 'Galaxy Wars' 내한 행사장이 보이기 시작했다. 송지유와 팬들의 동행은 여기까지였다. 팬들의 얼굴에 짙은 아쉬움이 어렸다.

송지유가 함께 걷고 있던 소녀에게 기타를 내밀었다.

"기타 빌려줘서 고마웠어."

"다시 노래 불러주서서 감사합니다, 언니."

소녀 팬도 꾸벅 고개를 숙였다. 송지유가 햇살 같은 미소를 지으며 소녀 팬을 안아주었다.

"꼭 훌륭한 가수가 됐으면 좋겠어."

여기저기서 격려의 박수가 쏟아졌다. 소녀 팬이 눈물을 글썽이자 송지유가 안쓰러운 표정을 지었다.

"왜 울려고 해?"

"오늘이 마지막일 것 같아서요……."

소녀 팬이 울먹거리며 말했다. 송지유가 고개를 저었다.

"아니야. 또 볼 수 있을 거야."

"정말요?"

"응. 약속할게."

소녀 팬이 마음을 놓았다. 그리고 주변의 팬들 역시 안심을 하는 눈치였다.

송지유가 몸을 돌려 'Galaxy Wars' 내한 행사장까지 따라와 준 팬들을 둘러보았다. 그리고 꾸벅 고개를 숙였다.

"우리 또 봐요."

손을 흔들며 송지유가 행사장 요원들을 따라 'Galaxy Wars' 내한 행사장 안으로 사라졌다.

"……."

"……."

송지유가 사라졌음에도 팬들이 차마 걸음을 돌리지 못하고 있었다. 반가웠던 만큼 아쉬움도 컸다.

아쉬워하는 팬들을 향해 현우가 고개를 숙여 보였다.

"오늘 우리 지유를 반겨주서서 정말 감사했습니다. 그럼 저도 가보겠습니다."

"대, 대표님!"

몸을 돌리려 하는데 팬들의 목소리가 현우를 붙잡았다.

"네?"

현우가 멋쩍어했다. 오랜만에 받아보는 팬들의 관심이 영어색했다.

"다시 돌아와 주서서 감사합니다."

"감사합니다! 대표님!"

"김태식 힘내라!"

여기저기서 현우를 향한 격려가 쏟아졌다. 현우가 조용히 웃었다.

"네. 힘내겠습니다. 여러분들도 우리 지유 좀 많이 예뻐해 주세요."

현우가 몸을 돌렸다. 그때였다. 얼굴천재지유 박 팀장의 목소리가 들려왔다.

"대표님, 노래 제목이 뭔지 아십니까?"

현우가 다시 고개를 돌렸다.

"별, 별입니다."

＊　　　＊　　　＊

대학로 'Galaxy Wars' 행사장에서는 VIP 초대장을 받은 영화 팬들과 출연 배우들의 미팅이 한창이었다. 다른 유명 주연 배우들에 이어 송지유가 무대 위에 등장을 하자 환호가 쏟아졌다.

현우는 무대 아래쪽에서 그 광경을 흐뭇하게 쳐다보고 있었다. 혹여나 우려했던 불상사는 전혀 일어나지 않았다. 사람들은 2년 만에 한국에 복귀한 송지유를 그저 반겨만 주고 있었다.

현우가 흐뭇해하는 사이, 최영진이 다가왔다.

"현우 형님."

"응?"

"이거 잠깐 보셔야 할 것 같아요."

최영진이 현우에게 핸드폰을 보여주었다. 현우의 시선이 핸드폰으로 향했다.

[송지유 대학로 실시간 라이브 영상]

WE TUBE에 벌써 대학로 즉석 공연 동영상이 올라와 있었다. 30분도 채 되지 않았건만 조회 수가 어마어마했다. 벌써 40만을 넘긴 상태였다. 게시자는 '지유사진사1'이라는 닉네임을 쓰는 SONG ME YOU의 회원이었다.

"지유 사진사분들도 오셨었나?"

"네. 아까 계시던데요?"

"그래? 고맙네."

현우가 피식 웃으며 동영상에 달린 댓글들을 살펴보았다.

—노래 미치게 좋네?

—신곡 내는 거? 그런 거?

—2년 동안 노래 쉬었던 거 아님? 음색이 더 깊어짐; ㄷㄷ

—감동 충만 ㅠㅠ

—노래에서 많은 것들이 느껴졌다. 후우.

—앨범 언제 내나요? 2년째 기다리고 있는데

—송지유 더 성장했네. 노래 좋다.

—근데 제목이 뭐야?

—대학로에 있었던 사람입니다. 김현우 대표님이 제목 '별'이라고 알려주심

—별? 별이라. 딱 송지유네.

대중들의 반응은 폭발적이었다. WE TUBE뿐만 아니라 커뮤니티에서도 송지유의 즉석 버스킹 영상이 돌아다니고 있었다.

"역시 여왕은 여왕이네요. 지유 파급력은 정말이지……."

최영진이 감탄을 했다. 현우와 송지유가 미국으로 떠난 후 드림걸즈와 전국소녀가 가요계를 양분하고 있다고 해도 과언이 아니었지만 이 정도는 아니었다. 대학로에서 노래를 부른지 얼마나 되었다고 벌써 실시간 검색어 1위를 차지하고 있었다.

또한 여기저기서 앨범을 내달라는 아우성이 빗발치고 있었다.

"형님?"

"응. 듣고 있다."

현우가 대중들의 반응을 보며 많은 생각에 잠겼다. 이 정도 반응이면 2년간의 공백이 무색할 정도였다. 아니, 오히려 전보다 더욱 반응이 뜨거웠다.

"영진아."

"네, 형님."

"앨범 준비하자."

현우의 한마디에 최영진의 얼굴이 밝아졌다. 그리고 힘차게 입을 열었다.

"네! 형님!"

한편, 무대 위에서는 'Galaxy Wars' 주연배우들의 인터뷰가 한창이었다. 그리고 송지유의 합류와 함께 모든 관심이 송지유에게 쏠린 상황이었다.

방송사를 비롯해 영화 잡지사와 여러 신문사에서 송지유를 인터뷰하기 위해 잔뜩 몰려와 있었다.

그리고 송지유를 향해 참고 있었던 질문들을 쏟아내었다.

"2년만의 한국 복귀입니다. 대학로에서부터 이곳 행사장까지 팬들과 함께 걸어오셨다고 들었는데요. 팬들의 반응과 소감은 어땠습니까?"

"팬분들께서 많이 반겨주셨어요. 반가운 얼굴들도 많이 볼 수 있어서 좋았습니다."

질문과 함께 송지유가 답변을 하자 다른 기자가 손을 들었다.

"인천국제공항에서 팬 카페 회원의 자녀분을 안아주셨는데요. 이름이 송지유 양과 똑같아 화제입니다. 직접 지어주신 이름입니까?"

"아뇨. 제가 지은 건 아니에요. 제 이름을 본 따 아기 이름을 지어주셔서 너무 감사하고 더 잘해야겠다는 생각뿐이에요."

이번에는 다른 기자가 손을 들었다.

"조금 전 불러주셨던 노래가 지금 실시간으로 큰 화제가 되고 있는데요. 알고 계시는지요?"

"그런가요?"

송지유가 살짝 웃었다.

"반응이 아주 뜨겁습니다. 내한과 함께 국내 활동도 기대해볼 수 있을는지요?"

"네. 국내 활동도 열심히 할 계획이에요."

송지유의 발언에 기자들이 탄성을 질렀다. 그때, 방송사 쪽 기자가 손을 높이 들었다. 행사장 MC가 고개를 끄덕이며 발언권을 주었다.

"이번 'Galaxy Wars' 메인 배급사가 CV E&M입니다. CV E&M과의 관계는 어떻습니까? 문성훈 전 회장과의 관계는요? 그리고 현 회장 문태진 회장과는 어떻습니까?"

"……"

순간 송지유의 얼굴이 굳어버렸다. 그리고 내한 행사장 분위기가 싸해졌다. 급격하게 가라앉은 분위기에 다른 배우들이 어리둥절한 얼굴을 했다. 그러다 통역을 전해 듣고는 송지유처럼 얼굴을 굳혔다.

영화나 근황이 아닌 개인의 사생활을 묻고 있는 실례를 범한 것이다. 다른 기자들은 물론, VIP로 초청을 받은 영화 팬들이 부끄러움에 얼굴을 붉혔다.

"CV 그룹의 사생아로서 국내 활동에 지장은 없을 거라고 생각하십니까?"

주변의 눈총에도 아랑곳하지 않고 방송사 쪽 기자가 또 질문을 던졌다.

"분위기 좀 보고 적당히 합시다!"

"질문이 너무 심하지 않습니까? 예?!"

심지어 다른 기자들이 언성을 높일 정도였다. 하지만 방송사 쪽 기자는 얼굴 하나 변하지 않고 있었다.

"가라! 꺼져!"

"여기서 그런 질문은 왜 하냐?!"

방송사 쪽 기자를 향해 원성 어린 목소리들이 들려왔다.

"전 기자로서 본분을 다할 뿐입니다. 송지유 씨! 답변을 해 주시죠!"

푹 고개를 숙이고 있던 송지유가 얼굴을 들었다. 눈물이 그 렁그렁했다. 영화 팬들이 안타까움의 탄식을 내뱉었다.

"…기자님은 제가 웃고 있다고 해서 정말, 웃고 있는 것처럼 보이셨나요?"

"……"

송지유의 한마디에 그만 기자가 입을 다물어 버렸다. 그리고 그때 현우가 무대 위로 올라왔다.

"김태식이다!"

영화 팬들이 현우를 격하게 반겼다.

"라이언? 지금 상황 뭐야?"

"저 기자 뭐야? 엉?"

주연배우 필립을 비롯해 다른 배우들이 현우를 향해 목소리를 쏟아내었다.

"원래 한국은 이래. 잠깐 실례 좀 할게."

양해를 구한 다음 현우가 송지유의 앞에 다가섰다.

"지유야, 괜찮아?"

"네… 괜찮아요. 나 저런 사람 때문에 안 울어요."

"그래. 잘 참았어. 이제는 나한테 맡겨."

현우가 송지유를 안심시키고는 무대 위에 서서 방송사 기자를 똑바로 내려다보았다. 기자도 현우의 시선을 피하지 않았다. 하나도 잘못이 없다는 표정이었다.

현우가 피식 웃었다. 기자의 얼굴이 굳어버렸다.

"지금 그쪽은 기자로서의 사명을 다한다고 생각할 겁니다. 나는 기자다. 기자니까 진실을 파헤치고 밝힐 의무가 있다. 맞습니까?"

"……"

방송사 기자가 딱히 부인을 하지 않았다.

"근데 당신, 틀렸어. 진실도 중요하지만 그 진실도 사람보다 중요하지는 않아."

"……."

"진실이 뭔지 궁금하지? 기다려. 곧 당신들이 좋아하는 진실이 밝혀질 거니까. 그리고 그때 가서 당신들은 양심의 가책이나 느껴."

현우가 그동안의 울분을 토해내었다.

아직도 적지 않은 사람들이 송지유에게 곱지 않은 시선을 보내고 있었다.

현우는 그 모든 사람들에게 경고를 날린 것이었다.

현우의 냉정한 독설에 방송사 기자는 물론이고 영화 팬들도 할 말을 잃어버린 상태였다.

"가자, 지유야."

현우가 송지유를 일으켜 세웠다. 그리고 내한 행사장을 빠져나가려 했다. 그때였다. 내한 행사장 안에 익숙한 얼굴이 나타났다.

"……!"

"……!"

현우도 그렇고 송지유도 깜짝 놀란 얼굴을 했다. 문태진이 수행원들과 함께 등장을 했기 때문이다.

"CV 문태진 회장이다!"

"뭐, 뭐야? 갑자기 뭔데?"

기자들이 문태진을 알아보고는 크게 놀랐다. 영화 팬들도 문태진을 알아보았다. 송지유의 이복 오빠로서 널리 알려져 있기 때문이었다.

문태진이 송지유를 보며 빙그레 웃었다.

"태진 오빠?"

"미안. 미리 말을 했어야 하는 건데, 나도 현우처럼 놀라게 해주고 싶었다."

문태진이 송지유에게로 다가와 앞에 우뚝 섰다. 그리고 고개를 숙여 송지유를 자세히 살폈다.

"오늘 진짜 예쁘네."

"…오빠."

송지유의 눈동자가 흔들렸다. 문태진이 갑자기 내한 행사장에 나타난 이유를 알고 있었기 때문이었다.

"송지유 오빠도 할 만하네."

"……"

"그거 알아? 나한테 그런 표정 지어주는 건 오늘이 처음이야. 이제 나도 양철나무꾼이 안 부러울 것 같아."

"……"

문태진이 손을 들어 송지유의 머리를 쓰다듬었다. 갑작스러운 행동에 송지유가 멈칫했다. 하지만 문태진의 손길을 피하지는 않았다.

"도로시, 이제 집으로 돌아가자."

그렇게 말하곤 문태진이 기자들을 바라보고 섰다. 송지유가 그런 문태진의 곁에 서서 그를 지켜보았다.

"······."

문태진이 차가운 눈동자로 기자들을 내려다보았다. 젊고 똑똑한 재벌 총수가 내뿜는 위압감에 기자들이 꿀 먹은 벙어리가 되어버렸다.

방송사 기자는 아예 손까지 떨고 있었다.

미디어 재벌의 절대적인 영향력을 익히 알고 있기 때문이었다.

문태진 회장이 마음만 먹는다면 언론사 하나쯤 문 닫게 하는 건 식은 죽 먹기나 다름없었다.

"오늘부로 내 동생을 건드리면 어떠한 이유가 되었든, 대상이 그 누가 되었든, CV 그룹은 그룹 차원에서 절대로 가만히 있지 않을 겁니다."

"······."

"······."

기자들은 물론이고 모두가 얼어붙었다. 문태진이 잠시 숨을 골랐다. 수행원들과 함께 문태진의 곁을 지키고 있던 김우용 비서실장이 길게 한숨을 내쉬었다. 드디어 그 순간이 오고 말았다.

긴장하고 있는 수행원들과 다르게 문태진의 표정은 그 어느 때보다도 홀가분해 보였다.

문태진이 조용히 입을 열었다.

"2년 전, 저희 CV 그룹 차원에서 주도한 전방위적인 댓글, 여론 조작이 있었습니다. 그 대상은 어울림 엔터테인먼트, 김현우 대표, 그리고 내 동생 송지유였습니다."

"세상에!"

"저, 정말이야?!"

기자들과 더불어 내한 행사장에 모인 영화 팬들이 모두 크게 놀랐다.

상상도 하지 못했던 말을 문태진 회장이 직접 꺼냈기 때문이다.

*   *   *

[여왕의 귀환! 송지유를 보기 위해 대학로 한때 마비!]

[송지유, 소녀 팬을 위해 즉석 공연! 노래 제목은 별! 폭발적인 반응에 새 앨범 발매하나?]

['Galaxy Wars' 내한 행사에 역대급 인파 몰려!]

['Galaxy Wars' 내한 행사장에서 A 방송사 기자와 송지유 충돌!]

['Galaxy Wars' 내한 행사장으로 CV E&M 문태진 회장

갑작스러운 등장!]

[CV E&M 측, 2년 전 그룹 차원의 전방위적인 댓글 조작 있었다 밝혀!]

내한 행사장을 기습 방문한 CV E&M의 문태진 회장이 충격적인 사실을 공개했다.

2년 전 국민 소녀 송지유와 CV 그룹 간의 갈등 속에서 CV 그룹의 전방위적인 댓글, 여론 조작이 있었다는 것이다.

문태진 회장은 증빙 자료를 제시하며 여론 조작 행위가 있었음을 시인했고, 대국민 사과를 청했다. ⋯중략⋯

―와, 미친? 어쩐지 그때 반응이 너무 심하다 했잖아? ――

―조작이었어? 실화야? 소름;

―어쩐지 다들 너무 화가 나 있다 했다; 와? 21세기에 이런 일이 벌어져?ㅋㅋ

―다들 조작에 낚여서 송지유 깠던 거? 하아;

―CV 이제 망했네? ㅋㅋㅋㅋㅋ

―불매운동 벌써 시작됐더라; ㅎㅎ

―불쌍한 송지유 ㅠㅠ

―그래도 이복 오빠는 멀쩡해서 다행임.

―내한 행사장 무대 봤는데, 오빠 눈동자에서 꿀 떨어지던데? 안타깝다. 문태진 회장은 좋은 사람 같던데.

―문태진 멋있다! 진짜 남자다!

─CV는 싫지만 문태진은 좋다가 지금 대부분 반응임. 이상함;
ㅋㅋ

─송지유 부럽다. 좌현우, 우태진. 송지유 누가 건드리냐?

─남자 친구는 대한민국 최고 기획사 대표, 그리고 오빠는 재
벌 총수 ㅋㅋㅋㅋ

─응. 본인도 월드 스타 ㅋㅋ

─밸런스 붕괴다 ㅋㅋ

노트북을 들여다보고 있던 문태진이 댓글을 들여다보며 미
소를 짓고 있었다.

현우와 송지유의 무고함이 밝혀졌고, 잘못되었던 모든 것들
이 제자리를 찾아가고 있었다.

"좌현우, 우태진? 마음에 드네."

똑똑, 노크와 함께 김우용 비서실장이 들어왔다. 그리고 문
태진을 보고는 자기도 모르게 버럭 소리를 질렀다.

"회장님! 너무하신 거 아닙니까! 지금 주가가 폭락을 해서
주주들이 난리도 아닙니다! 그런데 총수라는 분이 이 사태에
웃고 계시는 겁니까?"

"하하. 좀 그렇긴 하죠?"

문태진이 쓰게 웃었다. 2년 전에 벌였던 CV 그룹의 댓글 조
작이 밝혀지며 주가가 폭락을 거듭하고 있는 상황이었다. 불

매운동과 더불어 아버지인 문성훈 전 회장도 탈세 혐의로 검찰 수사를 앞두고 있었다.

"알 만한 분이 이러시면 아랫사람인 저는 어떻게 해야 하는 겁니까, 회장님?"

"너무 걱정하지 마세요."

"어떻게 걱정을 안 합니까? 예?"

김우용 비서실장이 작정을 하고 말을 내뱉었다.

"우리는 곪았던 상처를 치료한 것뿐이에요. 지금 당장은 아프고 보기 흉하겠지만 상처는 차차 아물 겁니다."

"회장님……."

"그러니까 화 푸세요. 근데 사람들이 저보고 국민 오빠라고 하던데요?"

"후우… 쌀쌀맞은 여동생이 그렇게도 좋으십니까?"

"그럼요. 귀여운 구석이 많은 아이입니다."

문태진이 빙그레 웃어 보였고, 반대로 김우용 비서실장은 혀를 내둘렀다.

"그리고 'Galaxy Wars'도 세계적으로 흥행을 할 겁니다. 그러니 마음 놓으세요."

문태진의 말에 김우용 비서실장도 반박할 수가 없었다. 개봉 첫날부터 'Galaxy Wars'가 한국 영화 역사상 최고의 흥행을 기록하고 있었다. 하루 먼저 개봉을 한 북미나 유럽에서도 호평과 더불어 관객 몰이를 하고 있었다.

"현우가 가져온 투자 제안서도 한번 읽어보세요. 비서실장님도 마음에 드실 겁니다."

"김현우 대표가 제안서를요?"

김우용 비서실장이 관심을 보였다. 김현우 대표가 가지고 온 투자 제안서라면 확실히 구미가 당겼다. 2년 동안의 공백기 동안에도 중견 영화사인 Sun film을 크게 성장을 시켜놓은 인물이었다.

어쩌면 지금의 막대한 손해를 메울 수도 있겠다는 생각이 들었다. 하지만 투자 제안서를 살펴보던 김우용 비서실장이 고개를 갸웃거렸다.

"아이언 슈트? 캡틴 USA? 애들이나 보는 유치한 만화를 영화로 만들어보자고요? 이게 미국에서 먹히겠습니까?"

"Sun film 쪽에 연락해서 투자 협력 진행하세요."

"예."

김우용 비서실장이 떨떠름한 표정으로 대답을 했다.

*   *   *

로스엔젤레스 공항에 'Galaxy Wars' 팀의 전세기가 착륙했다. 'Galaxy Wars' 제작진과 출연진 틈으로 현우와 송지유의 모습도 보였다.

열흘간의 'Galaxy Wars' 아시아 투어 행사는 성공적으로 끝났다는 평가를 받고 있었다. 특히 한국에서의 엄청난 인기 몰이에 루이 메키스 감독은 물론, 제작진과 출연진 모두 잔뜩 사기가 올라 있는 상태였다.

"라이언, 지유, 한국 팬들은 정말 대단해. 난 세상에서 그렇게 열광적인 사람들은 처음 봐. 뭐랄까……."

"환호하기 위해 태어난 사람 같다고나 할까? 맞지, 필립?"

"맞아, 라이언. 팝 스타들이 한국 공연에 의미를 두는 이유를 알 것 같아. 나 한국으로 이사할까? 진지하게 고민 중이야."

영국계 배우 필립의 말에 현우가 피식 웃었다. 옆에서 짐을 챙기고 있던 또 다른 주연배우 아리아나가 고개를 저었다.

"필립, 그건 다 지유랑 현우 때문에 그런 거라니까? 지유랑 현우가 인기가 많은 거야. 네가 아니고."

"그런가?"

"그렇다니까? 날 봐봐. 샤이라 역할을 맡았을 뿐이야. 근데 한국에서만 유독 인기가 많잖아. 다 지유랑 친해서 그런 거라니까?"

그렇게 말하곤 아리아나가 송지유의 팔짱을 꼈다. 필립도 현우의 어깨에 팔을 둘렀다.

"그러니까 이렇게 하고 한국을 방문했으면 더 환호를 받았겠다는 거지?"

"응, 필립."

"좋아. 우리 셀카 한 장 찍자. 네 인기 좀 빌릴게, 라이언."

"마음대로 해라."

필립이 현우의 어깨에 팔을 두른 채로 셀카를 찍어댔다. 그러고는 서둘러 SNS에 사진을 게시했다. 현우와 함께 찍은 사진을 게시하자마자 한국 팬들의 댓글이 무수히 달리기 시작했다.

필립이 함박 미소를 머금었다.

"진짜 아리아나 말대로네? 안 되겠다. 지유?"

"정말."

송지유가 귀찮아하면서도 필립과 함께 셀카를 찍어주었다. 필립이 신이 난 표정으로 다시 게시 글을 작성하기 시작했다. 그러면서 현우에게 물었다.

"한국말로 '안녕하세요' 좀 써줘, 라이언."

"오케이."

현우가 흔쾌히 필립의 핸드폰을 받아 들었다. 그리고 송지유와 눈을 맞췄다. 현우와 송지유가 서로의 눈을 보며 웃었다.

"자, 여기, 필립."

현우가 다시 핸드폰을 건네주었다.

"오! 한국 팬들이 엄청 좋아하는데? 이 글자는 좋다는 반응이잖아?"

"뭐 그렇지."

SNS 댓글창엔 'ㅋㅋㅋㅋㅋ' 같은 웃음 표시가 도배되었다.

"안녕하세요, 이 한마디가 그렇게나 좋나? 네가 인사를 올려도 반응이 이래, 지유?"

"응. 아마도 그럴 거야."

송지유가 현우의 팔을 치며 웃었다. 현우도 송지유를 보며 웃음을 참지 않았다.

"이게 웃겨?"

필립이 고개를 갸웃했다. 대충 상황을 눈치챈 아리아나만이 한심하다는 얼굴로 필립을 쳐다보고 있었다.

세 사람의 사진이 함께 찍혀 있는 게시 글의 제목은 '나는 바보입니다'였다.

*   *   *

로스엔젤레스 공항 게이트에 'Galaxy Wars' 팀이 모습을 드러내었다. 와아아! 함성이 공항을 울려댔다. 미국 내 'Galaxy Wars' 오타쿠들이 대거 집결을 한 상태였다.

좀처럼 팬들이 몰리는 경우가 없는 미국이었기에 'Galaxy Wars' 팀은 물론 공항 내 시민들도 크게 놀랐다.

"May the force be with you!"

"공화국에 영광을!"

"아스카 공주다! 포스가 공주님과 함께하길!"

양덕의 대표 주자로 불리는 'Galaxy Wars' 오타쿠들 다 왔다. 은하 연방과 제국으로 나뉘어 코스프레를 한 양덕들이 마치 군대처럼 집결을 한 상황이었다. 현우가 눈을 들어 'Galaxy Wars' 팬들을 둘러보았다. 특히 이번 스핀오프 시리즈의 핵심 주인공인 송지유의 인기가 엄청났다.

곳곳에서 아스카 공주를 부르는 목소리가 들려오고 있었다.

"이 정도였다고?"

현우가 혀를 내둘렀다. 송지유도 예상 밖의 인기에 놀라움을 감추지 못했다.

사인 세례에 이어 셀카 요청이 쏟아졌다. 송지유가 자연스레 팬들에게 다가가 팬 서비스를 해주기 시작했다.

"……."

현우는 멀찍이 떨어져서 그 광경을 흐뭇한 시선으로 쳐다보았다.

한국은 그렇다고 쳐도 2년간의 'Galaxy Wars' 촬영 기간 동안 송지유를 알아보는 미국인들은 단 한 명도 없었다. 그런데 'Galaxy Wars' 개봉 열흘 만에 미국은 물론 전 세계에서 송지유를 주목하기 시작했다.

한국을 넘어 진정한 월드 스타로 거듭나고 있는 것이다. 매니저이자 기획사 대표로서 지금 이 순간만큼은 현우도 세상을 다 가진 기분이었다.

그사이 공신력 있는 연예 잡지 쪽 기자들이 루이 메키스 감독과 인터뷰를 진행하기 시작했다.

"이번 'Galaxy Wars' 스핀오프 시리즈가 세계적으로 큰 흥행을 하고 있습니다! 다시 'Galaxy Wars' 열풍이 불고 있다고 해도 과언이 아닌데요! 그 배경에는 무슨 이유가 있다고 생각하십니까, 감독님?"

"성공의 요인이라… 별거 없습니다. 'Galaxy Wars'를 'Galaxy Wars'답게 제작하고 연출했을 뿐이지요."

의미심장한 거장의 발언에 기자들이 진지한 표정을 머금었다.

사실 이번 새 스핀오프 시리즈에 거대 프로덕션인 '다즈니'가 거액의 투자를 제의했었다. 하지만 현우의 조언을 귀담아들은 메키스 필름 측에서 즉시 투자를 거절했다. 공상 과학 영화에 정치적인 색채를 입힐 수 없다는 판단을 했기 때문이었다.

"그럼 'Galaxy Wars'의 오리지널리티를 지킨 게 흥행의 요인이라고 보시는 겁니까?"

"그렇다고 할 수 있을 겁니다."

"사실 다즈니에서 제시한 거액의 투자 제의를 거절할 때만 해도 할리우드에서는 감독님의 결정을 미친 짓이라고 평가했습니다. 하지만 결국 보란 듯이 스핀오프 시리즈가 흥행 궤도에 올라 있는데요. 감독님의 소감을 듣고 싶습니다."

"음. 우선 전 세계의 많은 'Galaxy Wars' 팬 여러분들에게 오래 기다렸다고, 감사하다고 말씀을 드리고 싶습니다. 그리고 2년 동안 고생을 한 우리 제작진, 출연진 모두에게 이 공로를 돌립니다. 그리고 특별히 많은 조언을 아끼지 않은 Sun film의 CEO 라이언 김, 그리고 우리 아스카 공주에게 이 공로를 돌리겠습니다."

루이 메키스 감독의 발언에 기자들이 눈동자를 빛냈다. 세계에서 손가락에 꼽히는 거장이 한국 출신으로 알려진 무명의 젊은 기획자를 거론하고 있었다. 이례적인 일이었다.

기자들의 시선이 대번에 현우에게로 쏠렸다. 루이 메키스 감독이 현우를 보며 찡긋, 윙크를 보냈다.

현우가 쓴웃음을 머금었다.

'어지간히도 기자들이 귀찮으셨어.'

기자들이 현우에게로 몰려들었다.

"한국 출신 기획자로서 할리우드의 세계적인 대작에 당당히 이름을 올리셨는데요. 소감을 듣고 싶습니다."

"엔딩 크레딧에 제 이름 석 자가 올라가 있다는 것 자체가 영광이었습니다. 그리고 'Galaxy Wars'의 골수팬으로서 이번 스핀오프 시리즈가 큰 성공을 거두고 있어 더욱 영광입니다."

"이번 스핀오프 작품이 큰 성공을 거두면서 새 오리지널 시리즈에 영화인들의 이목이 쏠려 있습니다. Sun film의 경영자로서 다음 새 오리지널 시리즈에도 참여하시는 겁니까?"

"음."

현우가 쉽게 대답을 하지 못했다.

어울림 엔터테인먼트 대표직으로 복귀를 선언한 게 불과 얼마 전 일이었다. 조금은 민감한 사안이었다. 그때, 루이 메키스 감독이 현우의 옆으로 다가와 어깨동무를 했다.

"라이언도 반드시 참여를 할 겁니다. 그렇지 않나, 라이언?"

"하하. 감독님께서 이렇게까지 말씀을 하시는데, 어쩔 수가 없네요. 네, 참여하겠습니다. 저야 영광이죠."

"그렇다면 마지막으로 질문을 하겠습니다. 새 오리지널 시리즈에 대한 작은 힌트라도 주실 수 있습니까?"

현우와 루이 메키스 감독 모두에게 던지는 공통 질문이었다. 현우가 루이 메키스 감독을 쳐다보았다.

"새 오리지널 시리즈의 대략적인 줄거리는 구상을 끝낸 상태입니다."

"그렇다면 한 가지 질문을 더 하겠습니다. 스핀오프 작품이 세계적인 흥행을 거듭하고 있고, 특히 아스카 고타 공주 역의 신인 여배우 지유 송이 큰 인기를 끌고 있습니다. 항간에는 새 오리지널 시리즈에도 아스카 고타 공주가 출연을 할 것이라는 소문이 돌고 있는데요. 단순한 팬들의 바람입니까? 아니면 스핀오프 시리즈의 등장인물이 새 오리지널 시리즈에 등장을 할 수도 있겠습니까?"

스포일러가 될 수도 있는 민감한 질문이었다. 기자의 질문에 많은 'Galaxy Wars' 팬들이 루이 메키스 감독을 주시했다. 송지유 역시 마찬가지였다.

루이 메키스 감독이 팬들과 송지유를 보며 천천히 입을 열었다.

"새 오리지널 시리즈의 주인공 역시 아스카 고타가 될 것입니다. 지유의 고향인 한국에서는 여왕의 귀환이라고들 하더군요."

"……!"

특종을 잡은 기자들의 표정들이 밝아졌다.

* * *

［'Galaxy Wars' 새 오리지널 시리즈의 주인공도 한국 출신 여배우 지유 송! 루이 메키스 감독, 새로운 오리지널 시리즈에 대한 큰 힌트를 주다.]

［'Galaxy Wars' 새로운 오리지널 시리즈의 소제목은 여왕의 귀환? 'Galaxy Wars' 전 세계 팬들의 기대치가 높다]

［한국 출신의 무명 신인 여배우 지유 송, 스핀오프 시리즈 'Jedi The beginning'으로 단숨에 할리우드의 주목받는 배우로 떠오르다]

［지유 송, 할리우드에서 주가 치솟아, 할리우드 대작 영화 주연 1순위 물망?]

［'Galaxy Wars' 스핀오프 시리즈를 성공시킨 무명의 기획자 라이언 김, 그는 누구인가?]

［메키스 필름, 다음 오리지널 시리즈도 Sun film의 기획자 라이언 김과 함께한다]

［라이언 김, 한국에서는 이미 최고의 기획자라 불려, 성공적인 할리우드 안착]

"후훗."

현우가 태블릿 PC 화면 속 영문으로 된 기사들을 살펴보며 미소를 머금고 있었다.

현우의 예상보다 훨씬 더 송지유가 전 세계의 주목을 받기 시작했다. 'Galaxy Wars'라는 세계적인 대작 영화의 주연을 맡은 이유도 있었지만, 작품 속 송지유와 작품 밖의 송지유는 세계인들의 관심을 받기에 충분했다.

그리고 'Galaxy Wars'의 성공과 더불어 현우도 할리우드의 관심을 받기 시작했다.

'2년간의 노력이 헛되지는 않았어.'

현우가 빠르게 스쳐 지나가는 창밖을 보며 미소를 머금었다. 처음 미국에 왔을 때만 해도 현우도 송지유도 철저한 이방인이었다. 하지만 이제는 그 노력을 인정받고 있었다.

생각에 잠겨 있는 사이, 창밖으로 익숙한 풍경이 들어오기 시작했다. 현우가 고개를 돌렸다.

"지유야, 다 왔다."

"포, 포스가 함께하길."

현우의 목소리에 송지유가 자동 반사적으로 잠꼬대를 했다.

현우가 그런 송지유를 보며 조용히 웃었다. 요 근래 아시아 투어를 거쳐 이곳저곳에서 팬 서비스를 하고 다니다 보니 입에 대사가 습관적으로 배어 있었다.

"지유야."

현우가 송지유의 작은 어깨를 흔들었다. 스르르, 송지유가 눈을 떴다.

"벌써 다 왔어요?"

"너 잠든 지 한 시간도 훨씬 넘었어."

"정말요? 너무 피곤했나 봐요……."

송지유가 기지개를 쭉 폈다. 그런 다음에는 현우의 어깨에 머리를 기대었다. 현우가 송지유의 볼을 쓰다듬었다.

"피곤할 만도 하지. 아시아 투어니 뭐니 해서 정신없이 바빴으니까. 좀 더 잘래?"

"아니에요. 할아버지가 기다리세요."

"그래. 그럼 내리자."

현우가 영어로 작게 말을 했다. 그러자 Sun film 소속의 매니저가 황급히 고급 리무진을 주차했다.

리무진에서 내린 현우와 송지유가 Sun film 본사를 올려다보았다. 메키스 필름처럼 큰 규모는 아니었지만, 떠오르고 있는 제작사답게 Sun film도 제법 규모가 있었다.

"사장님! 오셨어요?"

중국계 출신 비서가 급히 현우에게로 다가왔다.

"홍미 씨, 잘 지냈어요?"

현우가 반갑게 비서를 반겨주었다. 홍미가 환하게 웃었다.

"그럼요! 우리가 투자한 영화가 대박이 났잖아요! 지유 씨도 잘나가고 있고. 하루하루가 행복하네요?"

"하하. 다행입니다. 회장님은요?"

"회의실에서 두 분을 기다리고 계세요."

"그래요? 그럼 갑시다."

"네, 사장님."

비서 홍미가 현우와 송지유를 앞질러 걷기 시작했다.

똑똑, 홍미가 현우 대신 회의실 문을 두드렸다.

"들어오게."

회의실 안에서 익숙한 목소리가 들려왔다. 홍미가 서둘러 문을 열어주었다.

"할아버지!"

송지유가 대번에 스코필드 회장의 품 안에 안겼다. 스코필드 회장이 현우를 쳐다보며 인자한 미소를 머금었다.

"잘 지내셨죠?"

"그럼. 잘 지냈다. 그래, 지유, 오랜만에 다녀온 한국은 어땠느냐?"

"다행이었어요. 아직 많은 팬분들이 저를 기억해 주고 좋아해 주시더라고요, 할아버지."

"그것참 다행이구나."

"다 할아버지 덕분이에요. 저희한테 큰 기회를 주셨잖아요."

스코필드가 송지유를 천천히 떼어내었다. 그러고는 고개를 저었다.

"기회는 아무한테나 주어지는 게 아니다. 현우랑 지유, 너희 둘이 그 기회를 잡기에 충분한 삶을 살아왔을 뿐이지."

"감사합니다, 어르신."

현우가 꾸벅 정중하게 고개를 숙였다.

"아니다. 2년 동안 자네도 고생이 많았어. 우리 Sun film를 훌륭하게 성장시켜 줬으니까."

"그건 맞죠, 회장님. 사장님이 정말 고생 많이 하셨다니까요?"

비서 홍미도 말을 보탰다. 빙그레 웃던 현우가 아쉬운 표정을 했다. 회장실 밖으로 분주히 돌아다니고 있는 직원들의 모습이 보였다.

현우가 짓고 있는 표정의 의미를 알고 있는 스코필드도 아쉬운 기색을 숨기지 못했다.

"그래, 이제 한국으로 다시 돌아가는 건가?"

스코필드가 먼저 말을 꺼냈다. 현우가 숨을 들이켠 다음 입을 열었다.

"죄송합니다. 마음대로 불쑥 찾아와 놓고서는 이번에도 불쑥 마음대로 돌아가게 생겼습니다, 어르신."

"할아버지… 죄송해요. 서운하시죠?"

송지유의 표정도 덩달아 어두워져 있었다.

스코필드가 허허 웃었다.

"인연이란 게 그런 거야. 우연히 왔다가 우연히 잦아드는 소나기 같은 거지. 그런데 이거 섭섭하군. 영영 미국으로는 오지 않을 생각인 건가?"

"그럴 리가요. 'Galaxy Wars' 오리지널 시리즈 제작이 확정되는 대로 지유랑 함께 미국으로 다시 돌아오겠습니다, 어르신."

"그렇다면 서둘러야겠군."

"하하. 그런가요?"

스코필드의 농담에 현우도, 송지유도 다 같이 웃었다.

"오랜만에 뉴 소울에 가봐야겠어. 자네랑 지유도 함께 가지."

"네, 가요. 제가 노래 불러 드릴게요."

송지유가 스코필드의 팔짱을 꼈다. 스코필드가 흐뭇한 얼굴을 했다. 이제는 친손녀 같은 송지유였다.

*　　　*　　　*

베벌리힐스의 인기 레스토랑 뉴 소울은 오늘도 만석을 기록하고 있었다. 특히 뉴 소울의 사장 중 한 명으로 알려진 'Galaxy Wars'의 주인공 송지유의 등장에 열기가 뜨거웠다.

"……."

레스토랑 밖 테라스에 서서 현우가 물끄러미 무대를 들여다
보았다.

영원한 이별은 아니었지만 한동안은 송지유를 볼 수 없다
는 생각에 뉴 소울의 영감들도 오늘만큼은 혼신의 힘을 다해
악기를 연주하고 있었다. 스코필드 회장은 늘 그렇듯 조용히
두 눈을 감고 송지유의 음색을 음미하고 있었다.

드르륵, 문득 슈트 안 주머니에서 핸드폰이 울려댔다. 현우
가 발신자를 확인했다.

"응. 나야."

—미국은 잘 도착했냐?

"응. 잘 도착했지."

—기사 보니까 미국 쪽에서도 지유 인기가 장난이 아니더
라고? 자랑스럽고 좋더라. 지금 한국에서도 지유가 진짜 월드
스타로 등극을 했다고 난리다, 난리.

"그래?"

—그래. 너랑 지유가 국위 선양 제대로 한 거지 뭐.

정말로 그랬다. 많은 한국 사람들이 전 세계적인 송지유의
인기를 자랑스러워하고 있었다.

또한 할리우드에서 기획자인 현우를 집중 조명 하기 시작하
면서 거의 축제 분위기나 마찬가지였다.

—너랑 지유가 한국에 돌아오지 않을까 봐, 사람들이 걱정

을 하고 있어.

손태명의 말은 모두 사실이었다. 혹여나 현우와 송지유가 미국에서 다시는 돌아오지 않을까, 언론은 물론이고 대중들이 노심초사를 하고 있었다.

현우와 송지유도 대중들의 이런 우려를 잘 알고 있었다. 현우나 송지유의 SNS로 꼭 돌아오라는 댓글이 쇄도하고 있었기 때문이었다.

"하하. 설마? 돌아가야지. 그동안 많이들 기다려 주셨는데."

―당연하지. 혹여나 안 올 생각 마라. 진짜 손 부인이 간다?

"미친."

손태명의 농담에 현우가 픽 웃었다.

―잠깐만.

잠시 통화가 끊겼다.

―삼촌! 삼촌!

"어, 지혜야."

―지유 언니랑 꼭 와? 안 오면 나 진짜 가출할 거야!

신지혜가 귀엽게 협박을 하고 있었다.

"걱정 마, 꼭 가니까."

―언제 올 건데?

"미국에서 일들 다 정리되는 대로?"

―너무 길잖아! 아무튼 빨리 와! 일주일 줄게!

"그래, 알았다."

현우가 피식 웃으며 통화를 끝냈다.

그사이 무대를 마친 송지유가 현우의 앞으로 불쑥 나타났다.

"누군데요?"

"지혜."

"왜요?"

"빨리 안 오면 가출한대."

현우의 말에 송지유가 풋, 하고 웃었다. 그러다 현우와 송지유의 시선이 마주쳤다. 잠시 침묵이 내려앉았다.

"……"

"……"

송지유가 가로등이 빛나고 있는 밤거리에 시선을 돌렸다.

2년 전 그때처럼 거리는 변함이 없었다.

"오빠."

"웅."

"그날처럼 우리 걸어볼래요?"

송지유를 따라 무작정 미국으로 왔던 그날의 그 밤이 떠올랐다. 아무도 없는 밤거리를 함께 걸으며 현우와 송지유는 서로 간에 알지 못했던 큰 비밀을 공유하게 되었다.

그리고 그날 이후, 둘 사이는 그 어떠한 무엇도 흔들 수 없을 만큼 굳건해졌다.

그날 그 밤의 추억이 아직도 어제처럼 생생하게 살아 있었다.

현우가 빙그레 웃으며 입을 열었다.

"그럼 또 오즈의 마법사 노래 불러주나?"

"물론이에요. 그러니까… 우리 걸어요."

"그래. 그러자."

현우가 손을 내밀었다. 송지유도 현우의 손을 잡았다. 그리고 나란히 걸음을 옮기기 시작했다.

두 연인이 베벌리힐스의 밤거리로 점점 멀어져 갔다.

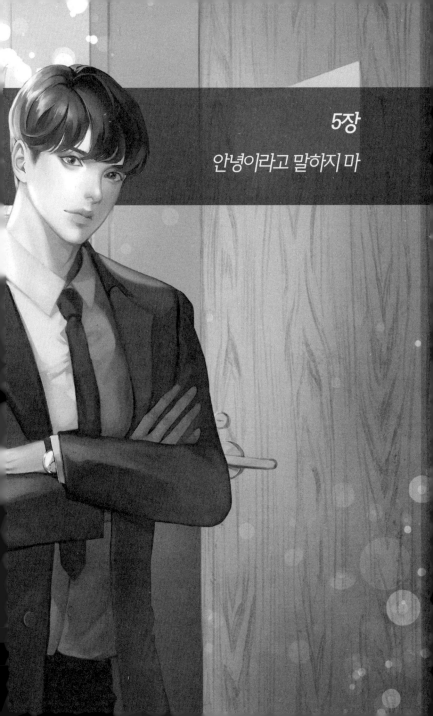

5장

안녕이라고 말하지 마

　인천국제공항. 손태명을 선두로 어울림 임직원과 소속 아티
스트들이 총출동을 해 있었다.

　그리고 그들의 뒤편에서 '울림이'로 지칭되는 수많은 팬이
초조한 표정을 짓고 있었다.

　LA발 비행기들이 연이어 착륙을 하고 있었건만, 정작 주인
공들의 모습은 보이지 않았기 때문이다.

　"오늘 한국 오는 거 맞아요, 태명 오빠?"

　"응. 분명 오늘 온다고 했어, 다연아."

　손태명의 대답에 엘시가 팔짱을 끼고는 신지혜를 살폈다.

신지혜가 불퉁한 얼굴로 공항 게이트를 노려보고 있었다.

"오늘 아니기만 해봐. 나 진짜 가출해."

"너 진짜, 그 가출 소리 좀 그만해. 가출 전문가인 언니도 감당이 안 된다니까?"

엘시가 한숨을 내쉬었다. 신지혜가 엘시를 쳐다보며 입을 열었다.

"언니는 화 안 나? 일주일이면 돌아온다면서 벌써 한 달이 넘었거든?"

"현우 오빠가 미국에서 정리할 게 많다고 했잖아. 그리고 너 내가 대선배인 거 몰라? 잊었어?"

콩, 엘시가 신지혜의 머리에 꿀밤을 먹였다.

"아야! 아프잖아!"

신지혜가 정수리를 부여잡으며 눈물을 찔끔 흘렸다.

"살짝 건드리만 했거든요? 진짜 너 아무 데서나 연기할 거야? 어디서 눈물까지 흘려? 송지유한테는 통할지 몰라도 나한테는 안 통해."

"치!"

"약."

엘시가 신지혜의 말을 그대로 받아쳤다. 옆에서 지켜보고 있던 크리스틴이 고개를 저었다.

"이럴 때 보면 너랑 지혜랑 진짜 친구 같다, 친구."

"뭐래? 뿌뿌뿌 씨?"

엘시의 반격에 신지혜가 킥킥, 웃다가 크리스틴의 차가운 표정을 확인하곤 웃음을 지웠다.

"선배님 말대로 대표님이 우리한테 사기치는 거 아니에요? 왜 안 와?"

이지수가 선글라스를 벗으며 말했다. 배하나가 그런 이지수의 가슴팍을 가리켰다.

"사기는 네가 쳤잖아."

"야! 내가 언제?"

"뻥 좀 그만 넣어, 이 사기꾼아."

배하나의 결정타에 이지수가 얼굴을 붉혔다.

가만히 쳐다만 보고 있던 유지연이 신지혜의 귀를 틀어막았다.

"너희들, 지혜 앞에서 무슨 소릴 하는 거야? 이제 어른이 됐으면 철 좀 들자고, 이 화상들아. 내가 언제까지 너희들 챙겨야 해?"

"쪼그만 게."

"그러니까, 지수야. 진짜 쪼그만 게."

"......"

유지연이 입을 다물었다. 몇 년 동안 성장이 멈춰 이지수나 배하나와는 머리통 하나는 차이가 났다.

"지금 나까지 디스하는 거?"

전국소녀의 리더인 김수정이 두 눈에 쌍심지를 켰다. 그때 엘시가 김수정의 앞을 가로막았다.

"아니지. 지연이랑 수정이를 건드리는 건 나에 대한 반역이지. 그렇지? 감히 단신파를 건드려? 작은 고추의 매운 맛을 또 볼 텨?"

엘시가 음산한 얼굴로 배하나와 이지수 두 멤버를 노려보았다.

단신파에 속하는 유지연과 김수정, 이솔 그리고 드림걸즈 내 단신 멤버인 나나까지 엘시의 편이었다.

"⋯⋯."

"⋯⋯."

배하나와 이지수가 주춤거렸다. 가만히 보고만 있던 크리스틴이 척, 허리에 손을 얹었다.

"장신파 모여."

크리스틴을 중심으로 유나와 연희, 제시, 그리고 배하나와 이지수 같은 전국소녀의 두 멤버가 나섰다.

이를 지켜보고 있던 울림이들이 한숨을 내쉬었다.

"또 시작이다."

"맨날 저러고 노시네."

"저번에는 누가 이겼지?"

"단신파가 이겼을걸요?"

팬들의 웅성거림을 뒤로한 채 엘시와 크리스틴이 서로를 마주했다.

"야. 무릎 굽혀라? 좋은 말 할 때? 아니면 그 힐을 벗던가. 지금 뭐 하는 거야?"

"뭐래? 겨우 5센치 신었는데. 차라리 그쪽이 사다리를 가지고 다니세요. 눈 좀 보고 이야기하게."

"……."

엘시가 얼굴을 붉혔다. 한 방 제대로 먹인 크리스틴이 당당한 얼굴을 했다. 얼굴을 붉히던 엘시가 썩은 미소를 머금었다.

크리스틴이 눈을 찌푸렸다.

"너 또 무슨 헛소리하려고? 그 입 닫아."

"아니? 그 헛소리할 건데? 뿌뿌뿌 씨, 그거 알아? 장신파 특징."

엘시의 말에 울림이들도 쫑긋 귀를 기울였다.

크리스틴이 황급히 엘시의 입을 틀어막으려 했지만 소용이 없었다.

"장신파 특징. 대체로 그게 작다."

엘시의 의미심장한 발언에 울림이들이 하하 웃음을 터뜨렸다. 그러고 보니 정말로 그랬다.

"……."

"……."

순간 크리스틴을 비롯해 장신파 멤버들이 할 말을 잃어버렸다.

오직 배하나만이 금시초문이라는 표정을 하고 있었다.

"야! 이다연! 봤어?"

크리스틴이 항변을 했다.

"봤지. 여러 번. 만져도 봤고."

엘시가 흐흐, 웃었다. 크리스틴이 얼굴을 붉혔다.

결국 손태명이 중재에 나섰다.

"그만들 좀 하자. 그런 건 너희들 예능에서 해. 제발, 일상생활에서는 일상생활 좀 하자. 응? 내가 다 창피하다, 창피해. 그런 발언 좀 그만할 수 없어?"

손태명이 통사정을 했다.

최영진이 신현우를 쳐다보았다.

"큰형님이 매번 웃기만 하시니까 저것들이 무서운 게 없다니까요?"

신현우가 하하 소탈하게 웃으며 입을 열었다.

"그냥 둬. 다 쓸 데가 있잖아."

엘시와 드림걸즈 멤버들의 리얼 버라이어티 쇼 '아는 언니들'이 2년째 큰 인기를 끌면서 이렇게 실생활 속에서도 시시때

때 상황극이 벌어졌다. 그런 다음에는 꼭 이 상황극을 예능에서 활용했다.

"뭘 그렇게 부끄러워해요, 태명 오빠?"

"됐다. 말을 말자."

"삼촌!"

그때 신지혜가 손태명의 소매를 붙잡고 흔들었다.

공항 게이트에서 현우와 송지유가 모습을 드러냈기 때문이었다.

"여러분! 함성!"

엘시가 높이 손을 들었다.

와아아! 와아아! 송지유의 팬들은 물론이고 공항에 잔뜩 모여든 어울림의 팬들이 함성을 질러댔다. 대기하고 있던 기자들도 쉴 새 없이 플래시를 터뜨렸다.

"우유 커플이다!"

여기저기서 '우유 커플'이라는 단어가 쏟아졌다. 저명한 문화 평론가 곽일산 씨가 지어준 현우와 지유 커플의 애칭이었다.

한편, 현우와 송지유는 뜻밖의 상황에 놀랐다. 여행 가방을 양손 가득 든 채로 황당한 표정을 내비쳤다.

"뭐야, 이거? 누가 기자들이랑 다 부른 거야?"

분명 비밀리에 입국을 마치기로 계획이 되어 있었다. 별 이유는 없었다. 'Galaxy Wars' 내한 때 이미 과한 환영을 받았기 때문이다. 얼마 되지도 않은 시점에 또 과한 환대를 받기가 어쩐지 민망했다.

그사이 손태명과 어울림 가족들이 현우와 송지유에게 다가왔다. 신지혜의 손에는 화관까지 들려 있었다.

현우가 헛웃음을 머금으며 손태명에게 따졌다.

"지금 상황 뭐냐? 누가 보면 금메달 따고 온 줄 알겠다?"

"그러니까 자식아. 일주일이면 온다던 놈이 한 달이 걸려? 다 네 죄야."

"그래서 이런 식으로 복수한 거냐?"

"그래, 자식아. 좀 당해봐라. 아니면 여기서 고백이라도 해서 곤란하게 해줘?"

"미친."

사방에서 김현우! 김현우! 월드 스타 송지유! 송지유! 라는 구호가 들려왔다. 현우도 송지유도 얼굴을 붉혔다.

"삼촌! 언니! 이거 내가 애들이랑 만들었어!"

"그, 그래?"

현우가 상체를 숙였다.

신지혜가 현우와 송지유의 목에 화관을 걸어주었다. 여기저기서 박수가 쏟아졌다.

그리고 기자들이 급히 현우에게 수많은 마이크를 가져다

대었다.

"김현우 대표님! 'Galaxy Wars'가 세계적으로 이례 없는 흥행을 거두었습니다! 지금 할리우드를 비롯해 전 세계 영화계가 김현우 대표님과 우리 국민 소녀 송지유 양에게 열광하고 있다고 해도 과언이 아닌데요! 한국이 낳은 최초이자 최고의 월드 스타 송지유! 그리고 한국 출신의 천재 기획자 라이언 김! 이 모든 게 가능했던 이유가 뭐라고 보십니까?"

기자들도 잔뜩 흥분을 해 있었다.

"……."

현우가 머리를 긁적였다. 어젯밤 손태명과 통화를 한 그대로였다. 한국에서 현우나 송지유는 거의 신격화되어 있었다.

현우가 민망한 얼굴을 했다. 좀처럼 부끄러워하지 않는 송지유도 얼굴을 붉히고 있었다. 현우와 송지유의 시선이 천연덕스럽게 웃고 있는 손태명에게로 향했다.

지금 이 순간만큼은 성대한 환영식을 준비한 손태명이 원망스러웠다.

"김현우 대표님? 답변을?"

현우가 두 눈을 질끈 감았다. 이미 판은 벌어져 있었다. 김태식이라면 벌어져 있는 판에 장단을 맞춰줘야 하는 게 이치였다.

"저는 천재니까요."

"예?"

순간 공항이 싸해졌다. 그리고 몇 박자 늦게 현우가 다시 입을 열었다.

"여러분! 이거 다 거짓말인 거 아시죠?"

현우의 농담에 공항으로 폭소가 터졌다.

*　　　*　　　*

"꼭 그렇게 망신을 줘야 했냐?"

"태명 오빠, 두고 봐요."

공항 앞에 준비된 순백의 리무진을 쳐다보며 현우와 송지유가 동시에 손태명을 원망했다.

단순한 리무진이 아니었다. CV E&M에서 보내준 총수 전용 호화 리무진이었다. 하지만 문제가 있었다.

리무진을 가로지르는 커다란 리본엔 '천재 기획자 라이언 김 & 세계적 스타 지유 송 축! 어울림 재입단!'이라는 글귀가 무려 굵은 궁서체로 적혀 있었다.

기자들도 웃음을 터뜨려 가며 리무진을 찍고 있었다. 울림이들을 비롯해 공항을 오고가던 시민들이 척, 엄지를 들었다.

"역시 어울림이다. 그저 유쾌해."

"최고다! 어울림!"

여기저기서 격려가 쏟아졌지만 현우나 송지유는 고개를 제대로 들 수가 없었다. 흑역사가 또 생성되었기 때문이다.

"가자, 라이언, 지유 송."

"인마!"

결국 현우가 손태명의 목에 팔을 걸었다. 여기저기서 웃음이 터졌다.

*   *   *

순백의 리무진을 선두로 스포츠카 세 대와 여러 대의 초록색 스프린터가 도로를 가로지르고 있었다.

차량 행렬이 스쳐 지나갈 때마다 운전자들이 여기저기서 경적을 울려댔다.

연예 뉴스 프로의 기자들도 차량을 공수해 따라오며 연신 중계를 하고 있었다. 현우와 송지유의 국내 복귀 소식이 생중계로 중계가 되고 있다는 소리였다.

창밖을 내다보며 현우가 쓴웃음을 머금었다.

"분수에 넘치는 환영식이다, 지유야."

"그러네요. 좋겠어요, 라이언 김 씨."

"하하. 다 세계적 스타 지유 송 덕분이지."

현우와 송지유가 눈을 맞추며 웃었다.

그사이 순백의 리무진이 연남동에 들어섰다. 리무진이 서서히 멈추고 CV 그룹에서 보낸 수행원이 문을 열어주었다.

"내리시죠. 대표님, 지유 아가씨."

현우가 먼저 내려 송지유의 손을 잡아주었다. 현우와 송지유가 나란히 손을 잡고 정면을 주시했다.

"······"

"······"

뒤이어 손태명을 비롯해 어울림 식구들도 하나둘 현우와 송지유의 뒤편으로 섰다.

지상 12층 그리고 지하 4층, 총 면적 5,200평의 초거대, 초호화 신사옥 건물이 그 위용을 드러낸 채로 우뚝 솟아 있었다.

"······"

현우의 눈동자가 붉어졌다.

지난 세월들이 주마등처럼 스쳐 갔다. 송지유가 그런 현우의 손을 굳게 잡아주었다.

"축하해요, 오빠. 이제 진정한 시작이에요."

"그래. 내 꿈도, 우리 어울림 가족들의 꿈도 지금부터야."

마음이 아릿했다.

현우가 고개를 돌려 어울림 식구들의 눈동자를 하나하나 살폈다.

저마다 다른 삶을 살아왔지만 어울림이라는 울타리 속에서 같은 꿈을 꾸고 있는 사람들이었다.

어울림 식구들의 수장으로서 막중한 책임감이 밀려왔다. 그러다 현우와 손태명의 눈동자가 마주쳤다.

현우가 말없이 다가가 손태명을 안아주었다. 기자들을 비롯해서 울림이들이 불타는 브로맨스에 환호성을 질렀다.

"잘 부탁한다, 손 대표."

"대⋯ 표? 야, 너는?"

기뻐하던 손태명이 멈칫했다. 현우가 그런 손태명을 보며 씩 웃었다.

"나? 나는 회장."

"미친놈."

손태명이 안도하면서도 실소를 흘렸다. 최영진이 황급히 다가왔다.

"형님, 그럼 저는요?"

최영진이 잔뜩 기대를 머금었다. 현우가 입을 열었다.

"넌 내 동생?"

"형님!"

최영진을 보며 다들 웃음을 터뜨렸다. 현우가 그런 최영진의 어깨를 두들겼다.

"농담이고 매니지먼트 A팀은 이제 최영진 실장 네가 맡아

라. 그리고 네 소원 들어줄게. i2i 다시 결성해. 자금? 얼마든지 줄게."

"형님!"

최영진이 눈물을 글썽였다. 오래 전 디온 뮤직이 망하면서 사바나 멤버들을 잃고, 2년 전에는 i2i 멤버들까지 각자의 기획사로 돌려보내 주어야 했던 최영진이다. 그런데 현우가 i2i의 재결성을 지시했다. 거기다 팀장에서 실장으로 승진까지 했다.

"꺄아악! 대표님! 사랑해요!"

i2i의 리더였던 김수정이 현우에게 폭 안겼다.

"만세! 라이언 김 만세!"

"천재 기획자 만세!"

배하나와 이지수가 만세 삼창을 했다.

현우가 빙그레 웃었다. 손태명이 안경을 고쳐 쓰며 입을 열었다.

"그럼 커팅식이나 해볼까? 다들 가위 듭시다."

CV 그룹에서 나온 수행원들이 어울림 식구들에게 가위를 나누어 주었다. 현우를 선두로 어울림 식구들이 신사옥 입구에 다가섰다.

"자, 하나, 둘, 셋 하면 자릅시다. 하나, 둘, 셋!"

손태명의 구호를 따라 어울림 식구들이 길게 이어져 있던 끈을 잘랐다.

울림이들의 박수와 함께 기자들의 박수도 쏟아졌다.

"어어?!"

"와! 저거 뭐야!?"

울림이들이 신사옥을 가리키며 소리를 질렀다. 신사옥 전면에 설치된 LED 전광판 미디어파사드가 빛을 발하기 시작했다.

그리고 서서히 누군가의 형상이 나타났다.

"……!"

현우가 눈을 크게 떴다. 본래 미디어파사드는 어울림 소속 아티스트들을 홍보하기 위해 기획한 퍼포먼스용 전광판이었다.

하지만 거대한 전광판엔 슈트 차림을 한 현우의 사진이 덩그러니 떠올라 있었다.

"저기서 왜 내가 나와? 나오려면 지유가 먼저지? 우리 월드 스타인데?"

송지유가 현우의 두 손을 잡은 채로 고개를 저었다.

"우리 어울림의 상징은 내가 아니에요. 김현우야말로 우리 어울림의 상징이에요. 몰랐어요?"

송지유가 따스한 미소를 머금으며 말했다.

그러고는 현우의 품에 안겼다. 송지유의 등을 토닥이며 현우가 고개를 들었다.

거대한 미디어 전광판 속 슈트 차림의 김현우가 자신만만한
미소를 머금고 있었다.

『내 손끝의 탑스타』 16권에 계속…